古典文獻研究輯刊

七 編

潘美月・杜潔祥 主編

第 **10** 冊

裴鉶《傳奇》中詩的研究

王怡文 著

國家圖書館出版品預行編目資料

裴鉶《傳奇》中詩的研究／王怡文 著 — 初版 — 台北縣永和市：
花木蘭文化出版社，2008〔民97〕

目 2+138 面；19×26 公分
（古典文獻研究輯刊 七編；第 10 冊）

ISBN：978-986-6657-60-3（精裝）
1.（唐）裴鉶 2.傳奇小說 3.唐代傳奇 4.文學評論
5.詩評
857.45417   97012671

ISBN - 978-986-6657-60-3

9 789866 657603

古典文獻研究輯刊
七 編 第 十 冊
ISBN：978-986-6657-60-3

裴鉶《傳奇》中詩的研究

作　　者 王怡文
主　　編 潘美月　杜潔祥
總 編 輯 杜潔祥
企劃出版 北京大學文化資源研究中心
出　　版 花木蘭文化出版社
發 行 所 花木蘭文化出版社
發 行 人 高小娟
聯絡地址 台北縣永和市中正路五九五號七樓之三
　　　　 電話：02-2923-1455／傳眞：02-2923-1452
電子信箱 sut81518@ms59.hinet.net
初　　版 2008 年 9 月
定　　價 七編 20 冊（精裝）新台幣 31,000 元

裴鉶《傳奇》中詩的研究

王怡文　著

作者簡介

王怡文

銘傳大學應用中文碩士班畢業。

提　　要

　　《傳奇》不僅記載神仙恢譎之事，也記載奇人異事。身為晚唐小說的代表作之一，它繼承了前人的成果，又影響了後世的小說、戲劇，所以在小說史有一定的地位，故本文針對《傳奇》詩來研究。

　　全文共分為六章：

　　第一章緒論，說明研究動機、研究範圍、研究方法。

　　第二章裴鉶生平及其《傳奇》，推論裴鉶的生活年代、地點，及寫《傳奇》的目的、成書年間、地點，並列出古人與今人收錄《傳奇》的篇章，和《傳奇》的主題思想。

　　第三章《傳奇》詩中的主題思想，個別分析二十一篇《傳奇》詩的主題，並依其主題劃分為憂愁寒冷、賣弄才學、自薦枕席、其他四類。

　　第四章《傳奇》詩中的形式結構，依形式劃分為七絕仄起、七絕平起、五言絕句、不合平仄四類，分別找出每首詩的平仄、押韻情形，並歸納裴鉶寫詩的韻譜。

　　第五章《傳奇》詩中的修辭技巧，舉例說明裴鉶在《傳奇》詩所使用的修辭技巧，如對偶、引用、層遞、雙關等，判斷其使用的優劣，並舉例說明《傳奇》詩在該篇所使用的篇章修辭技巧。

　　第六章結論，歸納《傳奇》詩的篇章、主題、詩作、修辭等研究成果，並簡述研究《傳奇》詩的心得、貢獻。

誌　　謝

能完成這本論文要感謝很多人。

首先要謝謝我的父母、先生，他們在各方面支持我，每天都會督促我論文的進度，在論文未定稿之前，一次又一次地幫我審稿，給我建議。

再來要謝謝我的指導教授，陳麗宇教授和游秀雲教授，她們都支持我寫裴鉶的論文，陳老師每週詢問我的進度；游老師則反覆閱讀論文前後超過二十次，尤其上一學期處於是要提論文交差還是專心待產的兩難時，游老師適時的給我最好的建議。

口試委員金榮華教授、汪娟教授、游秀雲教授，他們都非常仔細地閱讀論文，不但讓我口試時沒有壓力，也給我最好的指教。

班上的同學知道我要寫裴鉶的論文，也給我很多的幫助。如柏崧送我相關的書籍，又透過關係幫我借書；瑞瀅、月琪告訴我口試的相關資訊，讓我安心不少；美秀、郭禾、文彬、琬琪、宜君、瑞瑄、品貝、珮華，在我最低潮想放棄的時候，幫我加油打氣；喬弘叮嚀我很多小細節和注意事項；禮肇給我相關的軟體，在此都要一併謝謝他們。

感謝姊姊盈敏幫忙掃描地圖，以及小叔柔偉幫忙翻譯摘要。

沒有他們的幫忙，就沒有這本論文的誕生。

目次

第一章 緒 論

「傳奇」一詞，中唐元稹〈鶯鶯傳〉又名〈傳奇〉；晚唐裴鉶將自己的作品統稱作《傳奇》後，陳振孫、陶宗儀……等後人〔註1〕就一直把「傳奇」作為唐代小說的通稱。在中國小說的發展史上，裴鉶將自己的作品稱作《傳奇》，是具有劃時代意義的〔註2〕。

《傳奇》裡有以婚姻戀愛、豪俠俠義、成仙得道為題材的故事。在以婚姻戀愛為題材的故事裡，裴鉶常寫凡人與神仙、或凡人與鬼怪戀愛的故事為主；在以豪俠俠義為題材的故事裡，小說重點在強調主角的俠藝；在以成仙得道為題材的故事裡，

〔註 1〕 例如：（宋）陳振孫，《直齋書錄解題》，中冊，卷十二：「尹師魯初見范文正岳陽樓記，曰：『傳奇體爾。』然文體隨時，要之理勝為貴，文正豈可與《傳奇》同日語哉？蓋一時戲笑之談耳。」，臺北：廣文書局，民國 68 年 5 月再版，葉七，頁 699。又如：（明）陶宗儀，《輟耕錄》，卷二十五：「唐有傳奇，宋有戲曲。」，臺北：臺灣商務印書館，景印文閣四庫全書，第一〇四〇冊，子部三二〇，小說一，民國 78 年 2月初版，葉七，頁 685。如：（唐）裴鉶著，周楞伽輯注，《裴鉶傳奇》：「唐代還沒有傳奇這種文學樣式的名稱，是宋代因裴鉶《傳奇》的流行，才把它概括了一切唐人小說，給唐人所創的這一文學樣式定下傳奇的名稱。」，上海：上海古籍出版社，1980 年 10 月初版初刷，頁 2。如：魯迅，《中國小說史略》：「迨裴鉶著書，徑稱《傳奇》，則盛述神仙怪譎之事，又多崇飾，以惑觀者。」，臺北：風雲時代出版有限公司，1992 年 10 月五版，頁 113 至 114。 如：曹愉生，〈談唐代傳奇小說〉：「傳奇二字首見於唐裴鉶之作品篇名，然以傳奇名唐代小說始見於宋人；……，宋人雖有『傳奇』之名，亦僅指唐人小說之總名而言，至元代此二字方成立。」，中國文選，第二十期，民國 57 年 12 月，頁 124 至 136。如：劉立雲，〈唐傳奇得名考〉：「『傳奇』，……，今天的人們使用這個概念，多指唐人（含五代）傳寫奇聞奇事、旨在娛情、兼具議論的新興文言小說。……。『傳奇』之名，最先使用者應為中唐元稹，其所寫的崔張戀愛故事，原篇名就題為〈傳奇〉。」，宜賓學院學報，2002 年 5 月，2002年第三期，頁 73 至 75。

〔註 2〕 侯忠義、劉世林，《中國文言小說史稿》：「《傳奇》在晚唐傳奇小說集中是有代表性的。」，北京：北京大學出版社，1993 年 5 月初版二刷，頁 278。

裴鉶通常會舉幾個事件來談論此人物成仙得道的原因。

第一節　研究動機

　　對於《傳奇》的研究，除了紀懿珉〈裴鉶傳奇中的生命觀──以志怪篇章爲例〉一文，從人物的求仙心態、定命思想來探討《傳奇》的生命觀之外〔註3〕，歷來學者都將研究重點放在少數幾篇，如：論〈崑崙奴〉者，有考察崑崙二字的來源、特徵，如：李鍵〈崑崙奴中國古代的黑人奴隸〉〔註4〕；有崑崙奴來源及其分佈，如：程國賦〈唐代小說中崑崙奴現象考述〉〔註5〕；如：李壽菊〈唐傳奇崑崙奴新探〉，提出崑崙奴的形象、認爲一品指郭子儀〔註6〕；……等。論〈聶隱娘〉者，如：蔡勝德〈裴鉶與聶隱娘〉，考察〈聶隱娘〉的產生背景、取材、主題思想〔註7〕；如：卞孝萱〈紅線、聶隱娘新探〉，考察〈聶隱娘〉中的魏帥、創作緣由、作者〔註8〕；如：夏哲堯〈聶隱娘出傳奇辨析〉、林冠夫〈唐傳奇叢考〉，考察作者是袁郊〔註9〕；如：蕭登福〈「聶隱娘」之淺探〉一文，暗指高駢與鄭畋有隙〔註10〕；……等。論〈孫恪〉者，如：吳宏一〈唐傳奇孫恪故事背景探微〉，認爲袁氏即楊貴妃〔註11〕。如：丁肇琴〈唐傳奇佳作的主題呈現〉，提出〈孫恪〉的主題爲：「江山易改，本性難移」〔註12〕。如：劉慧珠〈佳人劍翁孫，遊戲暫人間──孫恪與袁氏的因緣際會〉，

〔註3〕紀懿珉，〈裴鉶傳奇中的生命觀──以志怪篇章爲例〉，輔大中研所學刊，第七期，民國86年6月，頁285至298。

〔註4〕李鍵，〈崑崙奴中國古代的黑人奴隸〉，中學歷史教學參考，1997年第八期，頁32。

〔註5〕程國賦，〈唐代小說中崑崙奴現象考述〉，暨南學報（哲學社會科學版），第二十四卷第五期，2002年9月，頁79至84。

〔註6〕李壽菊，〈唐傳奇崑崙奴新探〉，文藝月刊，第二四五期，民國78年11月，頁46至51。

〔註7〕蔡勝德，〈裴鉶與聶隱娘〉，嘉義師院學報，第三期，民國78年11月，頁295至318。

〔註8〕卞孝萱，〈紅線、聶隱娘新探〉，揚州大學學報（人文社會學版），1997年第二期，頁29至37、45。

〔註9〕夏哲堯，〈聶隱娘出傳奇辨析〉，台州師專學報，第二十二卷第二期，1999年4月，頁63至66。
　　　林冠夫，〈唐傳奇叢考〉，華僑大學學報（哲學社會科學版），2003年第二期，頁114至121。

〔註10〕蕭登福，〈「聶隱娘」之淺探〉，今日中國，第三十六期，1974年4月，頁122至133。

〔註11〕吳宏一，〈唐傳奇孫恪故事背景探微〉，中國文哲研究集刊，第二期，民國81年3月，頁251至273。

〔註12〕丁肇琴，〈唐傳奇佳作的主題呈現〉，世界新聞傳播學院學報，第一期，民國80年10月，頁1至20。

介紹故事內容、袁氏身世、兩人的離合，提出作者有意呈現人與異類聯婚的不和諧〔註13〕；⋯⋯等。論〈裴航〉者，如：劉南二〈裴鉶傳奇研究之一：裴航〉一文，考察〈裴航〉版本、流傳、譜系、人神婚姻等〔註14〕；如：〈從唐人小說看唐代士子的人生態度（上）〉，認為一心求仙的人，必須絕意仕進〔註15〕；⋯⋯等。論〈虬髯客〉者，如：長虹〈杜光庭虬髯客傳的流傳與影響〉，列出歷代流傳及對後世文學、戲曲、美術的影響〔註16〕。如：卞孝宣〈論虬髯客傳的作者、作年與政治背景〉，考察作者為張說、作年及政治背景〔註17〕。如：丁肇琴〈唐傳奇佳作的主題呈現〉，提出〈虬髯客〉主題為：「真天子」〔註18〕。如：林冠夫〈唐傳奇叢考〉，認為李靖即為李百藥〔註19〕；⋯⋯等。

　　因為「傳奇」這種文體主要由文白交雜的形式、詩歌、議論三種形式組成，所以本文從研究《傳奇》詩的角度切入，觀察有詩作的有二十一篇《傳奇》，其主題思想、形式結構與修辭技巧。

第二節　研究範圍

　　《傳奇》共有三十一篇，分別從《太平廣記》、《類說》和其他著作輯出，其中《太平廣記》中出自《傳奇》的二十三篇：〈崔煒〉、〈陶尹二君〉、〈許棲巖〉、〈裴航〉、〈封陟〉、〈金剛仙〉、〈崑崙奴〉、〈聶隱娘〉、〈張無頗〉、〈曾季衡〉、〈趙合〉、〈顏濬〉、〈韋自東〉、〈盧涵〉、〈陳鸞鳳〉、〈江叟〉、〈周邯〉、〈馬拯〉、〈甯茵〉、〈蔣武〉、〈孫恪〉、〈鄧甲〉、〈高昱〉等。以及《類說》節錄《傳奇》之另外五篇，分別為：〈文簫〉、〈洛浦神女感甄賦〉、〈元徹〉、〈薛昭〉、〈鄭德璘〉。還有《太平廣記》、《類說》未收入者，而實為《傳奇》篇章的〈姚坤〉，以及王國良認為宜增補的〈樊夫人〉、〈虬髯客〉」二篇，此三十一篇中，剔除無詩的〈聶隱娘〉、〈周邯〉、〈江叟〉、〈蔣武〉、〈陳

〔註13〕劉慧珠，〈佳人劍翁孫，遊戲暫人間──孫恪與袁氏的因緣際會〉，中國文化月刊，第一四六期，民國80年12月，頁119至126。

〔註14〕劉南二，〈裴鉶傳奇研究之一：裴航〉，嘉義農專學報，第十五期，民國76年4月，頁1至8。

〔註15〕方介，〈從唐人小說看唐代士子的人生態度（上）〉，中華文化復興月刊，第二十三卷第一期，第二六二期，民國79年1月，頁22至25。

〔註16〕長虹，〈杜光庭虬髯客傳的流傳與影響〉，中國道教，1997年第一期，頁28至31。

〔註17〕卞孝宣，〈論虬髯客傳的作者、作年與政治背景〉，東南大學學報（哲學社會科學版），第七卷第三期，2005年5月，頁93至98、128。

〔註18〕丁肇琴，〈唐傳奇佳作的主題呈現〉，同註12。

〔註19〕林冠夫，〈唐傳奇叢考〉，同註9。

鸞鳳〉、〈高昱〉、〈鄧甲〉、〈金剛仙〉、〈樊夫人〉、〈虯髯客〉十篇，還有二十一篇，故研究範圍以二十一篇爲主。

第三節　研究方法

在第二章裴鉶生平中，使用的原理是：由高駢生平推論裴鉶生平。步驟爲：從工具書《唐五代人物傳記資料索引》找出裴鉶生平，由於史料記載的裴鉶生平不多，所以由高駢（裴鉶長官）生平推論裴鉶生平。在《傳奇》的流傳、收錄和解析中，使用的原理爲：從時間、地點、人物、情節、結局等角度解析《傳奇》。步驟爲：從《傳奇》本身，判斷《傳奇》的故事內容、創作目的、成書時間、地點。再從現存輯有《傳奇》篇章的書目，比較差異，並決定研究範圍。最後從故事所在的時間、地點、情節、結局、人物等角度解析《傳奇》。在《傳奇》中的主題思想和社會背景中，使用的原理爲：從小說中反覆陳述的觀點判斷主題。步驟爲：從《傳奇》篇章的主要內容著手，找出每一篇故事的小說引線，觀察該篇小說反覆陳述的爲何，或故事用一連串事件，將人物推向最終點時，所想要表達的主題，再將主題依屬性歸納，並爲每一類別的主題下定義、判斷裴鉶是否藉由《傳奇》發表他對事物的看法，或寫該篇的目的。

在第三章《傳奇》詩中的主題思想中，使用的原理爲：從詩的觀點判斷主題。步驟爲：從《傳奇》詩的主要內容著手，觀察詩反覆陳述的主題爲何，再將主題依屬性歸納，並爲每一類別的主題下定義。

在第四章《傳奇》詩中的形式結構中，使用的原理爲：從詩的平仄、韻腳，觀察裴鉶作詩用字、用韻偏好。步驟爲：找出所有《傳奇》中的詩。根據詩的出現時機、地點、背景，並參考創作詩的小說人物、對象、兩人關係，判斷每首詩在該篇的作用，再用《廣韻》分析各篇詩作的平仄，觀察韻腳或符合、不符合平仄的原因。再從《王仁昫刊謬補缺切韻》（以下簡稱《王韻》）的三種版本，找出：詩的韻腳字，在《廣韻》與《王韻》中，各屬於哪些韻的差異，並歸納裴鉶寫詩的韻譜、與用字、用韻偏好。

在第五章《傳奇》詩中的修辭格技巧中，使用的原理爲：從各家對修辭格的定義、種類，觀察《傳奇》詩的使用情況與優劣。步驟爲：列出各家對修辭格的定義、種類，再將各家同一種的修辭方法、種類放在一起，觀察《傳奇》詩使用哪些修辭技巧後，依各家對該種修辭的定義、種類，用自己的解讀來下定義，並用《傳奇》詩之例來說明，藉此判斷裴鉶使用修辭技巧的情況與優劣。篇章修辭技巧使用的原

理為：從篇章修辭的角度，觀察《傳奇》詩在該篇小說的作用。步驟為：了解篇章修辭的意義，再觀察《傳奇》詩在該篇小說使用哪些修辭技巧後，將修辭技巧分類，並用《傳奇》詩之例來說明。

第二章 裴鉶生平及其《傳奇》

第一節 裴鉶生平

　　裴鉶的生平資料，見於《新唐書》、《全唐文》、《全唐詩》、《唐詩記事》、《郡齋讀書志》、《直齋書錄解題》等文史典籍中，所敘之簡略生平事蹟如下：

　　裴鉶傳奇三卷。〔註1〕

　　鉶，咸通中爲靜海軍節度高駢書記，加侍御史內供奉。後官成都節度副使，加御史大夫。〔註2〕

　　裴鉶，高駢客也，官成都節度副使，加御史大夫。詩一首。題文翁石室。〔註3〕

　　乾符五年，鉶以御史大夫爲成都節度副使。題：石室詩。時高駢爲使時亂矣，故鉶詩有「願到滄溟」之句有徵旨也。鉶作傳奇行於世。〔註4〕

　　傳奇三卷。唐裴鉶撰。唐志稱鉶高駢客，故其書所記皆神仙恢譎事，駢之惑呂用之，未必非鉶輩導諛所致。〔註5〕

〔註1〕 歐陽修等撰，《新唐書·藝文志》，卷五十九，藝文印書館據清乾隆武英殿刊本景印，葉二十左，頁687。

〔註2〕 （清）徐松等編，《欽定全唐文》，第三十三冊，卷八〇五，臺北：匯文書局，民國50年12月台初版，葉二至四，頁10669至10670。

〔註3〕 （清）聖祖（愛新覺羅玄燁）彙編，《全唐詩》，第九函第七冊，卷五九七，臺北：復興書局，第十一冊，民國50年4月初版，葉二左，頁3609。

〔註4〕 （宋）計有功，《唐詩記事》，卷六十七，臺北：臺灣商務印書館，影印文淵閣四庫全書，集部第四一八冊，第一四七九冊，民國78年2月初版，葉十一左，頁943。

〔註5〕 （宋）晁公武，《郡齋讀書志》，第二冊，卷十三，臺北：廣文書局，民國68年4月再版，葉五至六，頁767至768。

傳奇六卷。唐裴鉶撰。高駢從事也。尹師魯初見范文正岳陽樓記，曰：「傳
奇體爾。」然文體隨時，要之理勝爲貴，文正豈可與《傳奇》同日語哉？蓋
一時戲笑之談耳。唐志三卷，今六卷，皆後人以其卷帙多而分之也。〔註6〕

綜上所述，可知裴鉶約生活在唐懿宗、僖宗年間，他在咸通年間曾替高駢做事，
是高駢門客之一。後來官至成都節度副使、御史大夫，或以御史大夫爲成都節度
副使，記載不一。除了《傳奇》中裴鉶藉由小說人物創作的詩之外，裴鉶尚存一
首詩，詩名爲〈文翁石室〉、還有一篇〈天威逕新鑿海派碑〉的文章。他的文筆必
然很好，因爲在高駢爲靜海軍節度使時，他是高駢的掌書記，後來還做到御史大
夫的職位。

侯忠義、王夢鷗對裴鉶生平有以下的推論：

裴鉶的字號、籍貫及生卒年均不詳。約生活在唐懿宗、僖宗年間（860～
880）。咸通（860～873）中爲靜海軍節度使高駢掌書記，僖宗乾符五年
（878），以御史大夫銜任成都節度副使。〔註7〕

咸通元年（高駢）始爲秦州刺史。……（咸通五年）高駢在安南自招討使
而靜海軍節度使，其爲則至少在五年以上。……高駢似曾於咸通十年之
頃，朝於京師，而後轉赴鄆州任所。……至僖宗乾符元年，……《傳奇》
作者裴鉶之任成都節度副史，可信其必由鄆州與之偕往。其時，幕主高駢
以累功……；則此久掌書記之幕客，累進至成都節度副使，加御史大夫，
亦其宜矣。……乾符五年……是則裴鉶於高駢移節荊州時，似未偕行，但
有意追隨而已。……作者早歲蓋居河洛，亦嘗習業而至長安。自從高駢辟
召，由秦州而南海，而鄆州，而成都，晚歲或經荊楚而至淮潤。〔註8〕

侯忠義提出裴鉶約生活在唐懿宗、僖宗年間，咸通中爲高駢書記。依王夢鷗之說，
在裴鉶未替高駢做事前，是住在黃河、洛水附近，咸通元年，高駢爲秦州刺史，此
時裴鉶初入高駢幕次。咸通五年，高駢南下至安南，從安南招討使做到靜海軍節度
使，此時裴鉶必然也跟從長官到安南。咸通十年高駢轉任鄆州，裴鉶也到鄆州。到
了乾符元年，高駢移節成都，裴鉶必然也跟從到成都，所以在乾符五年爲成都節度
副使，加御史大夫（或以御史大夫爲成都節度副使，在《全唐文》、《全唐詩》、《唐

〔註6〕 （宋）陳振孫，《直齋書錄解題》，中冊，卷十二，臺北：廣文書局，民國68年5月
　　　　再版，葉七，頁699。

〔註7〕 侯忠義、劉世林，《中國文言小說史稿》，北京：北京大學出版社，1993年5月初版
　　　　二刷，頁273。

〔註8〕 王夢鷗，《唐人小說研究──纂異記與傳奇校釋》，臺北：藝文印書館，民國86年6
　　　　月初版二刷，頁79、82、89。

詩記事》即記載不一）。後來高駢到荊州時，裴鉶沒有隨行，而是持續住在蜀地，或從蜀地移居淮水、潤州。

　　王夢鷗考證高駢生平如下：生於唐穆宗長慶初年（821），宣宗大中五年（851）出戍長武，之後幾年，皆以鎮將居邊陲，大中十一年（857）收復河渭二州，並略定鳳林關之功，懿宗咸通元年（860）爲秦州刺史，咸通五年（864）從安南招討使至靜海軍節度使，咸通十年（869）轉任鄆州，至僖宗乾符元年（874）移節成都，乾符五年（878）正月移爲荊南節度使，六月調爲鎮海節度使、潤州刺史，乾符六年（879）駐節淮南，開府於揚州，後因判亂被弒於光啓三年（887）。

　　目前只知裴鉶大概生活在唐懿宗、僖宗間，但至少可以合理推算到宣宗（畢竟他不是一出生就有能力替高駢做事），所以年號至少涵蓋大中、咸通、乾符，即至少是西元 848 至 878 的三十年時間。他在大中年間或大中之前，住在黃河、洛水附近，也曾經至長安學習。咸通元年，裴鉶初入高駢幕次。五年，裴鉶跟從長官到安南。十年，裴鉶跟從長官到鄆州。乾符元年，裴鉶跟從長官到成都。五年，爲成都節度副使，加御史大夫（或以御史大夫爲成都節度副使）。裴鉶相關資料不多，故交友情況無法詳知。

第二節　《傳奇》之流傳、收錄與解析

一、《傳奇》之流傳

　　裴鉶著有《傳奇》三卷，到宋代陳振孫時的版本已分爲六卷〔註 9〕。晁公武說《傳奇》記載神仙恢譎之事〔註 10〕。其實有些是他早期接觸神仙道術時所作，有些記載奇人異事，所以內容並不全都是神仙恢譎之事。。

　　周楞伽認爲，裴鉶寫《傳奇》的目的，是把它當做升官的工具，並不是阿諛高駢〔註 11〕。依王夢鷗之說，〈趙合〉是裴鉶初入高駢幕次時所作，目的在討好高駢〔註 12〕。所以裴鉶寫《傳奇》的動機，有些是爲了行卷，有些只單純記載奇人

〔註 9〕　（宋）陳振孫，《直齋書錄解題》：「傳奇六卷」，同註 6，頁 699。

〔註 10〕　（宋）晁公武，《郡齋讀書志》：「其書所記皆神仙恢譎事」，同註 5。

〔註 11〕　周楞伽輯注，《裴鉶傳奇》：「裴鉶寫作《傳奇》的目的，不在於諛導高駢，而是想以之作爲進身的階梯。」，上海：上海古籍出版社，1980 年 10 月初版初刷，頁 4。

〔註 12〕　王夢鷗，《唐人小說研究──纂異記與傳奇校釋》：「竊疑《傳奇》作者此文，即作於初入高駢秦州幕次時，得聞鳳林關舊事，故於〈趙合篇〉中插入，其意亦在阿其長官所好。」，同註 8，頁 81。

異事。

　　周楞伽、侯忠義認爲《傳奇》約完成於咸通年間〔註 13〕；但王夢鷗不認爲如此，因爲裴鉶在乾符五年，當高駢移節荊州之後仍作〈許棲巖〉〔註 14〕。由於裴鉶的生平時代至少可以涵蓋大中、咸通、乾符間，且他在大中年間或大中之前，住在黃河、洛水、長安附近，而《傳奇》故事地點有些也在此，正好與他的經歷相同，所以，《傳奇》成書時間至少是從大中年間或大中之前，創作至乾符年間。

　　依《傳奇》故事地點來看，多發生在長江流域的洞庭湖、潤州附近；黃河流域的長安、洛陽附近；南海、海康與交趾附近。此與裴鉶的生平也相同。

　　《傳奇》今所見最早版本，是從《太平廣記》輯出。根據《太平廣記版本考述》：「現存的《太平廣記》版本有孫潛校宋本、沈與文野竹齋抄本、陳鱣校宋本、談愷刻本、隆慶、萬歷間活字本、許自昌刻本、黃晟槐蔭堂巾箱本、影印文淵閣四庫全書本、北京中華書局汪紹楹校點本」〔註 15〕。截自目前筆者所見，有孫潛校宋本、談愷刻本、許自昌刻本、黃晟槐蔭堂巾箱本、影印文淵閣四庫全書本、北京中華書局汪紹楹校點本、上海掃葉山房石印本，因爲孫潛校宋本有殘缺，所以本文所用的是最早，且是完整五百卷的版本，即談愷刻本。

　　截自目前筆者所見，除了《太平廣記》收錄《傳奇》之外，《類說》、《紺珠集》、《古今說海》、《正統道藏・洞眞部・記傳類・歷世眞仙體道通鑑》（以下簡稱《仙鑑》）、《仙媛紀事》也收錄《傳奇》。這六種書籍只有《太平廣記》將《傳奇》分成神仙、豪俠……等類，而其他如《類說》收錄的《傳奇》篇名大致與《太平廣記》相同；《紺珠集》收錄的《傳奇》篇名與《太平廣記》完全不同，且故事比《太平廣記》、《類說》更精簡；《古今說海》、《仙媛紀事》故事雖與《太平廣記》相近，但它們並不像《類說》、《紺珠集》特別列一本引書《傳奇》，它是將《傳奇》完全打散，列入說淵部、記傳類，且將《傳奇》更改篇名（《古今說海》還更改作者）。至於《仙鑑》、《仙媛紀事》有幾篇故事，如〈毛女〉、〈鮑姑〉幾乎完全一樣，只

〔註 13〕　（唐）裴鉶，周楞伽輯注，《裴鉶傳奇》：「《傳奇》的寫作時代必在咸通末，至遲不出乾符初，到了乾符五年，他已作了成都節度副使，……這時便不免要崇儒興學，……再不會去寫《傳奇》一類作品了。」，同註 11，頁 4。
　　　　　　侯忠義、劉世林，《中國文言小說史稿》：「本書（《傳奇》）約成於咸通年間。」，同註 7，頁 273。

〔註 14〕　王夢鷗，《唐人小說研究──纂異記與傳奇校釋》：「乾符五年……是則裴鉶於高駢移節荊州時，似未偕行，但有意追隨而已。……〈許棲巖〉篇倘果爲其自身寫照，則終于棲隱匡廬，亦固其所也。」，同註 8，頁 82 至 84。

〔註 15〕　張國風，《太平廣記版本考述》，北京：中華書局，2004 年 5 月初版初刷，目錄與頁 14。

有卷數不同。

　　《太平廣記》裡還有引書是「出傳記」，因「傳奇」與「傳記」只有一字之差，所以「出傳奇」與「出傳記」的篇章就互有誤差。

　　《太平廣記》中結尾「出傳奇」者有，〈崔煒〉、〈陶尹二君〉、〈許棲巖〉、〈裴航〉、〈封陟〉、〈金剛仙〉、〈崑崙奴〉、〈聶隱娘〉、〈周邯〉、〈張無頗〉、〈曾季衡〉、〈趙合〉、〈顏濬〉、〈韋自東〉、〈盧涵〉、〈陳鸞鳳〉、〈江叟〉、〈五臺山池〉、〈馬拯〉、〈王居貞〉、〈甯茵〉、〈蔣武〉、〈孫恪〉、〈鄧甲〉、〈高昱〉；結尾雖「出傳記」，但經王夢鷗《唐人小說研究——纂異記與傳奇校釋》〔註 16〕、王國良《唐代小說叙錄》〔註 17〕、周楞伽輯注《裴鉶傳奇》〔註 18〕、上海古籍出版社編《唐五代筆記小說大觀》〔註 19〕、袁閭琨、薛洪勣主編《唐宋傳奇總集》〔註 20〕等著作的考證實為「出傳奇」者，有〈張雲容〉、〈蕭曠〉、〈姚坤〉；還有《太平廣記》中，既非「出傳奇」，也非「出傳記」，卻仍是《傳奇》的有：〈樊夫人〉、〈虬髯客〉、〈鄭德璘〉、〈元柳二公〉；此外，〈文簫〉是根據《類說》、《紺珠集》而補入《傳奇》。

　　王夢鷗《唐人小說研究》列出《傳奇》共三十篇（按：應為三十一篇），其中三篇〈金剛仙〉、〈五臺山池〉、〈王居貞〉不類其他《傳奇》，懷疑非《傳奇》作者所做〔註 21〕。若以這三篇與其他的二十八篇比較，〈五臺山池〉、〈王居貞〉篇幅過短，不類其他《傳奇》；再者〈五臺山池〉的內容，描述五臺山北臺下的龍池，是關著五百條毒龍之所，而其他《傳奇》描寫的對象均為人；非地點，故非裴鉶所作就很明顯了。至於王夢鷗所懷疑的〈金剛仙〉，描寫的對象是人，又相近於其他《傳奇》筆法，先說（或不說）時間，點出主角，最後提出居住的地方，如果有引線提到主角的能力、個性、家世或主角每天的例行公事，都會與後來的故事發展相關。故〈金剛仙〉仍屬裴鉶所作。

　　本文探討的《傳奇》篇目，剔除〈五臺山池〉、〈王居貞〉兩篇，總共三十一篇。

〔註 16〕　王夢鷗，《唐人小說研究——纂異記與傳奇校釋》，同註 8。
〔註 17〕　王國良，《唐代小說叙錄》，國立政治大學中國文學研究所碩士論文，民國 65 年 6 月。
〔註 18〕　（唐）裴鉶，周楞伽輯注，《裴鉶傳奇》，同註 11。
〔註 19〕　上海古籍出版社編，《唐五代筆記小說大觀》，上海：上海古籍出版社，2000 年 3 月初版初刷。
〔註 20〕　袁閭琨，薛洪勣主編，《唐宋傳奇總集》，鄭州：河南人民出版社，2001 年 9 月初版初刷。
〔註 21〕　王夢鷗，《唐人小說研究——纂異記與傳奇校釋》：「以上三十篇：……其中如〈金剛仙〉、〈五台山池〉、〈王居貞〉等三篇，其文窘質，不類他篇，……疑其亦非《傳奇》所固有者。」同註 8，頁 87。

二、收錄《傳奇》之書

（一）《太平廣記》收錄的《傳奇》

《太平廣記》中的《傳奇》有三十篇，與前述三十一篇相比，少了〈文簫〉。

1. 〈蕭曠〉：《太平廣記》卷三百十一，神類。出《傳記》。
2. 〈甯茵〉：《太平廣記》卷四百三十四，畜獸、牛異類。出《奇傳》（按：誤。應為出《傳奇》）。
3. 〈崑崙奴〉：《太平廣記》卷一百九十四，豪俠類。出《奇傳》（按：誤。應為出《傳奇》）。
4. 〈聶隱娘〉：《太平廣記》卷一百九十四，豪俠類。出《傳奇》。
5. 〈孫恪〉：《太平廣記》卷四百四十五，畜獸、猿類。出《傳奇》。
6. 〈周邯〉：《太平廣記》卷四百二十二，龍類。出《奇傳》（按：誤。應為出《傳奇》）。
7. 〈盧涵〉：《太平廣記》卷三百七十二，怪、凶器類。出《傳奇》。
8. 〈江叟〉：《太平廣記》卷四百十六，草木、木怪類。出《傳奇》。
9. 〈韋自東〉：《太平廣記》卷三百五十六，夜叉類。出《奇傳》（按：誤。應為出《傳奇》）。
10. 〈陶尹二君〉：《太平廣記》卷四十，神仙類。出《傳奇》。
11. 〈封陟〉：《太平廣記》卷六十八，女仙類。出《傳奇》。
12. 〈裴航〉：《太平廣記》卷五十，神仙類。出《傳奇》。
13. 〈趙合〉：《太平廣記》卷三百四十七，鬼類。出《傳奇》。
14. 〈曾季衡〉：《太平廣記》卷三百四十七，鬼類。出《傳奇》。
15. 〈崔煒〉：《太平廣記》卷三十四，神仙類。出《傳奇》。
16. 〈張無頗〉：《太平廣記》卷三百十，神類。出《傳奇》。
17. 〈蔣武〉：《太平廣記》卷四百四十一，畜獸、象類。出《傳奇》。
18. 〈陳鸞鳳〉：《太平廣記》卷三百九十四，雷類。出《傳奇》。
19. 〈元柳二公〉：《太平廣記》卷二十五，神仙類。出《續仙傳》。
20. 〈馬拯〉：《太平廣記》卷四百三十，虎類。出《傳奇》。
21. 〈高昱〉：《太平廣記》卷四百七十，水族類。出《傳奇》。
22. 〈鄭德璘〉：《太平廣記》卷一百五十二，數類。出《德璘傳》。
23. 〈鄧甲〉：《太平廣記》卷四百五十八，蛇類。出《傳奇》。
24. 〈顏濬〉：《太平廣記》卷三百五十，鬼類。談愷刻本有目無文。

25. 〈許棲巖〉：《太平廣記》卷四十七，神仙類。出《傳奇》。

26. 〈張雲容〉：《太平廣記》卷六十九，女仙類。出《傳記》。

27. 〈金剛仙〉：《太平廣記》卷九十六，異僧類。出《奇傳》（按：誤。應爲出《傳奇》）。

28. 〈姚坤〉：《太平廣記》卷四百五十四，狐類。出《傳記》。

29. 〈樊夫人〉：《太平廣記》卷六十，女仙類。出《女仙傳》。

30. 〈虬髯客〉：《太平廣記》卷一百九十三，豪俠類。出《虬髯傳》。

　　《傳奇》篇章在《太平廣記》的命名，全部都是人名，且以男姓人名爲多數，以女姓人名爲篇名的只有〈聶隱娘〉、〈張雲容〉、〈樊夫人〉三篇，此三篇只有〈聶隱娘〉是豪俠類，其餘二篇都是女仙類。同樣是女仙類的還有〈封陟〉，但此篇是以男姓人名爲篇名，故爲異數之一，這是因爲小說內容以上元夫人佔大部份篇幅，且只有上元夫人是女仙，封陟沒有成仙，但它卻是「女仙類」，故爲異數之一。爲異數之二的是〈孫恪〉，這是因爲小說內容以袁氏佔大部份篇幅，且只有袁氏是猿猴，而孫恪是人，但它卻是「猿類」，故爲異數之二。

（二）《類說》收錄的《傳奇》

　　《類說》共收錄《傳奇》二十二篇，有些篇章的名稱與《太平廣記》不同，雖情節相同，但文字比《太平廣記》平樸直敘、簡省。其中〈文簫〉是《太平廣記》未收錄的佚文。爲了統一起見，除了〈文簫〉之外，標題用的篇名是以《太平廣記》爲主，若與《類說》不同，則附加說明。

1. 〈蕭曠〉：《類說》卷三十二命名爲〈洛浦神女感甄賦〉。

2. 〈張雲容〉：《類說》卷三十二命名爲〈薛昭〉。卷三有〈絳雪丹〉出《高道傳》，描述開元中趙雲容乞王元之絳雪丹，後於元和末再生之事。雖有部分與〈張雲容〉不同，但故事大綱相近，特此錄出。

3. 〈陶尹二君〉：《類說》卷三十二，命名爲〈陶太白尹子虛〉。卷三有〈毛女〉出《續仙傳》，其描述的毛女：「自言秦始皇宮人，秦亡入山。遇道士教食松葉，遂得道。」與《太平廣記》中的毛女遭遇相同，特此錄出。

4. 〈孫恪〉：《類說》卷三十二。

5. 〈鄭德璘〉：《類說》卷三十二。

6. 〈文簫〉：《類說》卷三十二。

7. 〈裴航〉：《類說》卷三十二。

8. 〈崔煒〉：《類說》卷三十二。

9. 〈元柳二公〉:《類說》卷三十二,命名為〈元徹〉。

10. 〈封陟〉:《類說》卷三十二。

11. 〈韋自東〉:《類說》卷三十二。

12. 〈崑崙奴〉:《類說》卷三十二,命名為〈崔生〉。

13. 〈許棲巖〉:《類說》卷三十二,命名為〈許栖岩〉。

14. 〈高昱〉:《類說》卷三十二。

15. 〈周邯〉:《類說》卷三十二。

16. 〈甯茵〉:《類說》卷三十二。

17. 〈顏濬〉:《類說》卷三十二。

18. 〈蔣武〉:《類說》卷三十二。

19. 〈江叟〉:《類說》卷三十二。

20. 〈張無頗〉:《類說》卷三十二。

21. 〈曾季衡〉:《類說》卷三十二。

22. 〈盧涵〉:《類說》卷三十二。

(三)《紺珠集》收錄的《傳奇》

《紺珠集》共收錄《傳奇》十七篇,篇章的名稱全與《太平廣記》不同,文字比《太平廣記》、《類說》更簡省。其中〈金釵玉龜〉是《太平廣記》未收錄的佚文。還有《太平廣記》的〈元柳二公〉、〈崑崙奴〉原各為一篇,在《紺珠集》各分為二篇。為了統一起見,標題用的篇名仍以《太平廣記》為主,唯〈文簫〉用的是《類說》的篇名。

1. 〈蕭曠〉:《紺珠集》卷十一命名為〈感甄賦〉。

2. 〈張雲容〉:《紺珠集》卷十一命名為〈絳雪丹〉。

3. 〈鄭德璘〉:《紺珠集》卷十一命名為〈松醪春〉。

4. 〈文簫〉:《紺珠集》卷十一命名為〈鸞唐韻〉。

5. 〈元柳二公〉:《紺珠集》卷十一命名為〈回鴈使者〉、〈百花橋〉。

6. 〈崑崙奴〉:《紺珠集》卷十一命名為〈手語〉、〈紅綃〉。

7. 〈江叟〉:《紺珠集》卷十一命名為〈槐王〉。

8. 〈裴航〉:《紺珠集》卷十一命名為〈藍橋神仙窟〉。

9. 〈楊通幽〉:《紺珠集》卷十一命名為〈金釵玉龜〉。

10. 〈崔煒〉:《紺珠集》卷十一命名為〈鮑姑艾〉。

11. 〈虬髯客〉:《紺珠集》卷十一命名為〈紅拂妓〉。

12. 〈金剛仙〉：：《紺珠集》卷十一命名爲〈龍膏〉。

13. 〈封陟〉：《紺珠集》卷十一命名爲〈壽倒三松〉。

14. 〈陶尹二君〉：《紺珠集》卷十一命名爲〈千秋栢子〉。此篇與《太平廣記》
    差異最大，不但沒有《太平廣記》中的人物古丈夫、尹子虛。且在《太平
    廣記》中，是古丈夫贈萬歲松脂千秋柏子給陶尹二君；非毛女贈萬歲松脂
    千秋柏子給陶太白。

15. 〈審茵〉：《紺珠集》卷十一命名爲〈斑特斑寅〉。

（四）《古今說海》的《傳奇》

　　《古今說海》共有《傳奇》十五篇，它並不像《類說》、《紺珠集》有一卷特別
收錄《傳奇》；它是散佚的。其文與《太平廣記》約略相同，唯篇名及作者有些許差
異，如篇名多加一「傳」字；而出處部分，同樣是《太平廣記》的《傳奇》，在《古
今說海》作者有的是裴鉶、薛瑩、顧瓊、鄭文寶，甚至有些是「撰人不詳」。此外，
爲了統一起見，標題仍用《太平廣記》的篇名。本文《古今說海》版本是清道光酉
山堂重刊陸氏儼山書院本，原本無卷數，爲了與附錄一：文獻收錄表的《太平廣記》、
《類說》……等書的卷數統一，其卷數列的是《四庫全書》的卷數。

1. 〈蕭曠〉：《古今說海‧洛神傳》，卷二十二，說淵甲集，說淵二、別傳二，
   薛瑩撰。

2. 〈崑崙奴〉：《古今說海‧崑崙奴傳》，卷二十五，說淵乙集，說淵五、別
   傳五，裴鉶撰。

3. 〈鄭德璘〉：《古今說海‧鄭德璘傳》，卷二十六，說淵乙集，說淵六、別
   傳六，裴鉶撰。

4. 〈韋自東〉：《古今說海‧韋自東傳》，卷二十八，說淵乙集，說淵八、別
   傳八，裴鉶撰。

5. 〈趙合〉：《古今說海‧趙合傳》，卷二十九，說淵乙集，說淵九、別傳九，
   裴鉶撰。

6. 〈孫恪〉：《古今說海‧袁氏傳》，卷三十三，說淵丙集，說淵十三、別傳
   十三，顧瓊撰。

7. 〈封陟〉：《古今說海‧少室仙姝傳》，卷三十四，說淵丙集，說淵十四、
   別傳十四，撰人不詳。

8. 〈顏濬〉：《古今說海‧顏濬傳》，卷三十九，說淵丁集，說淵十九、別傳
   十九，裴鉶撰。

9. 〈張無頗〉:《古今說海·張無頗傳》,卷四十,說淵丁集,說淵二十、別傳二十,裴鉶撰。

10. 〈元柳二公〉:《古今說海·玉壺記》,卷四十四,說淵戊集,說淵二十四、別傳二十四,撰人不詳。

11. 〈崔煒〉:《古今說海·崔煒傳》,卷五十,說淵已集,說淵三十、別傳三十,裴鉶撰。

12. 〈聶隱娘〉:《古今說海·聶隱娘傳》,卷五十六,說淵三十六、別傳三十六,鄭文寶撰。此藝文印書館的版本因為已影印入《學津討原》中,所以不再單印。

13. 〈曾季衡〉:《古今說海·曾季衡傳》,卷五十八,說淵庚集,說淵三十八、別傳三十八,撰人不詳。

14. 〈張雲容〉:《古今說海·薛昭傳》,卷六十七,說淵辛集,說淵四十七、別傳四十七,撰人不詳。

15. 〈窅茵〉:《古今說海·山莊夜怪錄》,卷八十,說淵癸集,說淵六十、別傳六十,撰人不詳。

(五)《仙鑑》的《傳奇》

《仙鑑》共收錄《傳奇》十一篇,它並不像《類說》、《紺珠集》有一卷特別收錄《傳奇》;作品收錄方式較像《古今說海》。小說除了幾篇,如〈毛女〉、〈鮑姑〉、〈許栖巖〉、〈申元之〉記載比《太平廣記》詳細外,其餘比較像是簡省的筆記類小說。

1. 〈江叟〉:《仙鑑》卷四四第十三。

2. 〈陶尹二君〉:《仙鑑》後集卷二第十二命名為〈毛女〉。小說有三則,出《列仙傳》、《抱樸子》,一則未提。其中前兩則與〈陶尹二君〉的「毛女」遭遇相近;第三則云:魚道超、魚道遠其地四圍皆生毛竹,人呼此二魚為毛女。此則與〈陶尹二君〉的「毛女」差異極大。三則中都只提到「毛女」,均未提到「陶尹二君」。仍予錄出。

3. 〈封陟〉:《仙鑑》後集卷四第一命名為〈紫素元君〉。其雖與〈封陟〉情節相近,但差異很大。如〈封陟〉是上元夫人初次見封陟後,每間隔七日造訪封陟,共三次,後三年,封陟染疾而終,上元夫人更延一紀;〈紫素元君〉是初次見任生後,間隔三日又造訪任生一次,數月後,任生病卒,紫素元君更延三年。故言與〈封陟〉情節相近,特予錄出。

4. 〈裴航〉：《仙鑑》後集卷四第七命名爲〈雲英〉。

5. 〈崔煒〉：《仙鑑》後集卷四第八命名爲〈鮑姑〉。與《太平廣記》之〈崔煒〉相比，多了鮑姑及其妹的登仙經過。

6. 〈元柳二公〉：《仙鑑》卷三十三第十五命名爲〈柳實〉。

7. 〈鄭德璘〉：《仙鑑》後集卷五第十八命名爲〈韋女〉。

8. 〈文簫〉：《仙鑑》後集卷五第十五命名爲〈吳綵鸞〉。

9. 〈許棲巖〉：《仙鑑》卷三十二第八命名爲〈許栖巖〉。

10. 〈張雲容〉：《仙鑑》卷三十九第六命名爲〈申元之〉。

11. 〈樊夫人〉：《仙鑑》後集卷四第六。

（六）《仙媛記事》的《傳奇》

　　《仙媛記事》共有《傳奇》十一篇，作品收錄方式較像《古今說海》。篇名除了〈樊夫人〉、〈張雲容〉與《太平廣記》篇名相同外，其餘皆不同。其故事多與《太平廣記》相同，如〈樊夫人〉、〈雲英〉……等篇，也有兩篇〈毛女〉、〈鮑姑〉與《仙鑑》相同。少數如：〈吳彩鸞〉在《太平廣記》沒有收錄，故無從比較；但其故事比《仙鑑》簡省。《太平廣記》之〈陶尹二君〉在《仙媛記事》只記載〈毛女〉，無〈陶尹二君〉；且此篇爲《仙鑑》之〈毛女〉三則的第一則，《仙鑑》之〈毛女〉的其他二則在《仙媛記事》，分別題爲〈秦宮人〉（卷二）、〈魚氏二女〉（卷二）。

1. 〈陶尹二君〉：《仙媛記事》卷二命名爲〈毛女〉、〈秦宮人〉。卷二還有〈魚氏二女〉，在《仙鑑》中也同屬「毛女」。《仙媛記事》之〈毛女〉、〈秦宮人〉、〈魚氏二女〉故事均與《仙鑑》相同。

2. 〈樊夫人〉：《仙媛記事》卷三。

3. 〈裴航〉：《仙媛記事》卷四命名爲〈雲英〉。

4. 〈崔煒〉：《仙媛記事》卷四命名爲〈鮑姑〉。其故事與《仙鑑》相同。

5. 〈文簫〉：《仙媛記事》卷四命名爲〈吳彩鸞〉。其故事比《仙鑑》簡省。

6. 〈封陟〉：《仙媛記事》卷六命名爲〈少室仙姝〉。

7. 〈張雲容〉：《仙媛記事》卷七。

　　《太平廣記》、《類說》、《紺珠集》、《古今說海》、《仙鑑》、《仙媛紀事》等，收有《傳奇》篇章之書，表列成「文獻收錄表」（詳見附錄一）

三、《傳奇》篇目收錄對照

　　三十一篇《傳奇》，王夢鷗《唐人小說研究》、《唐國史補・傳奇》、汪國垣《唐人小說》、汪辟疆《唐人傳奇小說》、楊家駱主編《唐人傳奇小說》；柯金木《唐人

小說》、周楞伽輯注《裴鉶傳奇》、上海古籍出版社編《唐五代筆記小說大觀》、袁閭琨、薛洪勣主編《唐宋傳奇總集——唐五代（上、下）》等著作，並非三十一篇全部收錄，各家所收之《傳奇》篇目，詳見附錄二：《傳奇》篇目收錄對照表。

　　還有《唐五代筆記小說大觀》認為《傳奇》應有的〈金釵玉龜〉、〈紅拂妓〉，實為《太平廣記》的〈楊通幽〉、〈虬髯客〉（詳見上文「《紺珠集》收錄的《傳奇》」）。認為〈楊通幽〉為《傳奇》，只有《唐五代筆記小說大觀》（或說只有《紺珠集》，因為《唐五代筆記小說大觀》將這兩篇歸為《傳奇》是根據《紺珠集》而來）；而認為〈虬髯客〉為《傳奇》除了《唐五代筆記小說大觀》（或說《紺珠集》）外，還有王國良的《唐代小說敘錄》〔註22〕。再者，因為〈虬髯客〉的主題與其他《傳奇》相近，而〈楊通幽〉主要在說明「通幽」之名緣故，且與其他《傳奇》筆法不相近，故上述的三十一篇《傳奇》沒有包含〈楊通幽〉。

四、《傳奇》之解析

　　《傳奇》故事的所在時間，從隋到唐朝，若從時間的先後排序，則如下：隋（〈虬髯客〉）；唐廣德（年間）（〈孫恪〉）；大曆（〈崑崙奴〉）；貞元（〈聶隱娘〉、〈周邯〉、〈韋自東〉、〈崔煒〉、〈鄭德璘〉、〈樊夫人〉）五篇；元和（〈陳鸞鳳〉、〈元柳二公〉、〈高昱〉、〈張雲容〉）；長慶（〈裴航〉、〈張無頗〉、〈馬拯〉）；寶曆（〈封陟〉、〈蔣武〉、〈鄧甲〉）；太和（〈蕭曠〉、〈趙合〉、〈曾季衡〉、〈文簫〉、〈姚坤〉）五篇；開成（〈盧涵〉、〈江叟〉、〈金剛仙〉）；會昌（〈顏濬〉）；大中（〈甯茵〉、〈陶尹二君〉、〈許棲巖〉）。（詳見附錄四：《傳奇》時間表）

　　《傳奇》發生的地點集中在黃河與洛水間的有：〈蕭曠〉、〈崑崙奴〉、〈聶隱娘〉、〈孫恪〉、〈盧涵〉、〈江叟〉、〈韋自東〉、〈陶尹二君〉、〈封陟〉、〈裴航〉、〈趙合〉、〈曾季衡〉、〈許棲巖〉、〈張雲容〉、〈姚坤〉、〈虬髯客〉十六篇；長江至潤州間的有：〈周邯〉、〈馬拯〉、〈高昱〉、〈鄭德璘〉、〈文簫〉、〈鄧甲〉、〈顏濬〉、〈樊夫人〉八篇；番禺至驪州沿海的有：〈崔煒〉、〈張無頗〉、〈蔣武〉、〈陳鸞鳳〉、〈元柳二公〉、〈金剛仙〉六篇。其他如〈甯茵〉在南山。以發生在黃河與洛水間的為多數。（詳見附錄五：《傳奇》地圖）有些地名不符，正顯現了小說的虛構性，或作者有意為之的意涵。其中〈孫恪〉的端州峽山寺，蘇軾曾經去過，還說《傳奇》所載孫恪袁氏事，即此寺……所以峽山寺是真，但是小說不管是從洛陽或長安要到南康，都不會「順道」經過端州峽山寺，所以中間應該有誤差。〈虬髯客〉中的扶餘國若

〔註22〕王國良，《唐代小說敘錄》：「〈樊夫人〉、〈虬髯客〉」二篇宜增補。」，同註17，頁108。

—18—

為地圖中的扶餘，再考慮唐的首都長安，則紅拂與李靖也無法對「東南」的扶餘祝拜，所以中間應該也有誤差。

　　《傳奇》人物依故事內容的描述分為神仙、凡人、妖、鬼等類。其中神仙包括男仙、女仙、樹神、龍王；妖指的是有能力幻化成人的動物、物品，或仍以動物面貌的怪物，如：猿猴、明器碑子、巨黿……等；鬼指的是死後仍以人的樣貌示人，沒有成仙；凡人就是一般人，如：男女俠、道士、僧侶、士人……等。若是擴大人物的範圍，則還有動物類。動物指的是一般動物，無法幻化成人，如：猩猩、白象、蛇……等。

　　裴鉶在情節的安排上，如：〈蕭曠〉、〈顏濬〉、〈張雲容〉的雷同處為：飲酒、吟詩、雞鳴、告辭離開；〈周邯〉、〈顏濬〉的雷同處為：最後都有奠祭；〈盧涵〉、〈高昱〉的雷同處為：原本想害別人，最後使自己受害；〈孫恪〉、〈姚坤〉的雷同處為：描述婚配時，只用幾句話帶過，相較於其他如：〈封陟〉、〈崔煒〉、〈張無頗〉、〈文簫〉婚配的辛苦過程，正好區別凡人與仙人的不同；〈江叟〉、〈高昱〉、〈金剛仙〉都有提到入水不濡的類似情節；〈蔣武〉、〈陳鸞鳳〉、〈馬拯〉、〈鄧甲〉、〈樊夫人〉著重在人物的行俠過程；〈崑崙奴〉、〈聶隱娘〉、〈虬髯客〉雖然同是豪俠類，但〈崑崙奴〉、〈聶隱娘〉情節偏重在如何救紅綃、自救與救劉昌裔，〈虬髯客〉情節偏重在描述虬髯客本身，所以各有不同；〈陶尹二君〉、〈元柳二公〉雖然同是神仙類，內容也都是人物得道，但兩者比較起來，〈元柳二公〉的情節較曲折，人物得道也較辛苦。《傳奇》的情節，因為每一篇與其他篇相比，都各有相同與不相同處，也因此看出裴鉶對於情節的安排極為成功。

　　裴鉶在結局的安排上，有些人物得道、成仙，如：〈蕭曠〉、〈陶尹二君〉、〈裴航〉、〈趙合〉、〈元柳二公〉、〈文簫〉、〈許棲巖〉；有些回到原本住所，如：〈甯茵〉、〈孫恪〉、〈金剛仙〉、〈姚坤〉；有些容顏如舊，如〈崑崙奴〉、〈聶隱娘〉、〈張雲容〉、〈江叟〉；有些結局是悲傷的，如：〈周邯〉、〈封陟〉、〈曾季衡〉；有些人物不知所之，如：〈韋自東〉、〈崔煒〉、〈張無頗〉；有些人物有資產，如：〈蔣武〉、〈陳鸞鳳〉、〈馬拯〉；有的病症得以痊愈，如：〈盧涵〉；有的到別地，如：〈高昱〉；有的官至刺史，如：〈鄭德璘〉；有的至今還在，如：〈鄧甲〉；有的舉行奠祭，如：〈顏濬〉；有的在別地稱王，如：〈虬髯客〉。其中某些人物的結局雖然是容顏如舊或不知所之，但從故事發展來看，他們是得道或成仙了。如：〈江叟〉、〈崔煒〉、〈張無頗〉、〈張雲容〉、〈樊夫人〉。

　　以《太平廣記》收錄的《傳奇》，和《類說》、《仙鑑》收錄的〈文簫〉來說，裴鉶在篇幅的安排上，以〈崔煒〉最長，〈虬髯客〉次之，〈元柳二公〉、〈孫恪〉

等再次之;而篇幅最短的是〈陳鸞鳳〉,〈鄧甲〉次之,〈盧涵〉、〈曾季衡〉、〈許棲巖〉、〈金剛仙〉、〈姚坤〉等再次之。雖然《傳奇》篇幅長短不一,但裴鉶仍能清楚地向讀者表達該篇的主題思想。

第三節　《傳奇》之主題思想與社會背景

　　《傳奇》中的主題思想,分為五大類。分別為「命定」、「仙道」、「俠義」、「報恩」與「其他」類。五大類的分類標準,在於小說中反覆陳述的觀點;或是故事最終結局所顯現的主題。「命定」類是指小說中反覆陳述宿命觀念;或人物明知有哪些結果,試圖改變,結果無力改變命運等。篇章包括〈盧涵〉、〈曾季衡〉、〈張無頗〉、〈元柳二公〉、〈高昱〉、〈鄭德璘〉、〈文簫〉、〈顏濬〉、〈許棲巖〉、〈張雲容〉、〈虬髯客〉等十一篇。「仙道」類是指主要人物最終結局為得道;或是追求仙道而未成者。篇章包括〈蕭曠〉、〈江叟〉、〈韋自東〉、〈封陟〉、〈陶尹二君〉、〈裴航〉、〈趙合〉等七篇。「俠義」類是指小說以描述人物的行俠過程、事實為主。篇章包括〈崑崙奴〉、〈聶隱娘〉、〈蔣武〉、〈陳鸞鳳〉、〈馬拯〉、〈鄧甲〉、〈樊夫人〉等七篇。行俠包括替人解決難題、除害,拯救人民性命等。「報恩」類是敘述報恩的故事。包括小說人物因某些行為或做法,使人或動物受惠,所以得到回報。篇章包括〈崔煒〉、〈金剛仙〉、〈姚坤〉等三篇。「其他」類的〈審雨〉,在小說反覆展現學問;〈孫恪〉中陳述「不違本性」的觀點;〈周邯〉中譴責貪心之人,因為三篇的主題思想都與其他的《傳奇》不同,也只有單一篇章,所以放在「其他」類。

一、命定類

　　「命定」類定義為:小說中反覆陳述宿分、天命的觀點,或人物的預言成真。

(一)正例:命定

1.〈張無頗〉

　　〈張無頗〉的主要內容為:張無頗原本要趕考,結果卻得病躺在旅舍。當時袁大娘贈他玉龍膏,並告訴他得富貴及延壽的方法。他聽從袁大娘的話,果然引來廣利王召他治療王女之疾,他用酒讓王女吞下龍膏,王女的病立即痊癒。廣利王贈他寶物,等他回到旅舍,才將其中的一個寶物駭雞犀賣掉,就已得到巨萬。過了一個多月,有青衣送詩給他,詩上面沒有落款,但他猜測是王女寫的。過了一會兒,又有同一個人引他去治療王女之疾。他把脈時,王后也來問女兒的病,他回答是之前

的疾病，當他拿出藥盒時，王后看了藥盒，不說話也不高興，安慰女兒就離開了，後來王后對王說，女兒私下將宮中的暖金盒送給他，王於是安排兩人的婚事，兩人婚後搬到韶陽，住了一個多月，忽然袁大娘扣門要求媒人禮，他才知道暖金盒原爲廣利王宮之寶。廣利王每三年都來看他們，後來不知道他到哪裡去了。

張無頗得到袁大娘贈送的玉龍膏一合子，是小說的引線。袁大娘贈曰：「當因某之玉龍膏遇名姝。若遇異人請之，必須持此藥而一往，自能富貴耳。」張無頗持玉龍膏治王女，得到王女的愛慕，卻讓王后誤會王女私其張無頗，但王以王女奉託，使兩人完婚，王曰：「張郎須歸人間。昨夜檢於幽府云，當是冥數，即寡人之女，不至苦矣。」遂具舟楫、服飾、異珍、金珠、寶玉予之。張無頗得到袁大娘之玉龍膏時，袁大娘就預言能因此遇名姝與得到富貴、延年益壽。結果果然如袁大娘之言。廣利王也說兩人之婚姻「當是冥數」。所以〈張無頗〉主題是命定。

〈張無頗〉中袁大娘曾預言張無頗將因玉龍膏遇到名姝，並得到富貴與延年益壽。張無頗回答：「某困餓如是，敢不受教。」當廣利王說兩人之婚姻「當是冥數」，並建議他們夫婦住韶陽時，張無頗回答：「某意亦欲如此。」因爲完全附和袁大娘、廣利王的話，所以他對宿命觀念是毫無異意、完全接受的。這是裴鉶借由人物之口，陳述他在當時對宿命的觀點。因爲除了提到的地點，番禺、南康與裴鉶長官高駢爲安南招討使的地方相近外〔註23〕，人物袁大娘爲袁天綱女，袁天綱在《太平廣記》是善相命者〔註24〕，袁天綱的兒子也是，袁大娘身爲袁家女兒，相命的功力必然不差。裴鉶借由人物之口，陳述對宿命的觀念是毫無異意、完全接受的。

值得一提的是，廣利王贈張無頗的「駭雞犀」，在《太平廣記・卷四百三・犀》也有相關記載，它說：駭雞犀是「群雞見之驚散（的犀牛角）」，這種駭雞犀，是「但聞其說，即不可得而見」。因爲是非常珍貴的寶物，所以張無頗才能賣到巨萬。

2. 〈元柳二公〉

〈元柳二公〉的主要內容爲：元柳二公原本要去找從父，在途中遇到颶風，船到達某個孤島才停止。當他們看見孤島上的侍女時，就一直請求侍女讓他們返回人世，後來玉虛尊師也到島上，他們也一直跟尊師請求，尊師叫他們跟隨侍女去見南溟夫人，自然會有歸期。南溟夫人答應了，在他們臨走前，還贈玉壺給他們。水仙使者也請他們將玉環送還給她的孩子，他們答應了。等他們回到以前登船的地方，

〔註23〕 王夢鷗，《唐人小說研究——纂異記與傳奇校釋》：「自咸通初年，由秦州而安南，作者在高駢幕次已近於十年矣。」，同註8，頁82。

〔註24〕 《太平廣記》中也有記載袁天綱的故事，分別收錄在《太平廣記》卷七十六、二百二十一，（宋）李昉等奉敕撰，臺北：新興書局，民國47年4月初版。

親屬都已過世。在替使者送還玉環後，有少年回報還魂膏來，他們用還魂膏使妻子復活。後來還一起去找尋師父太極先生，師父看到玉壺，就說這玉壺原是他貯存玉液的，早已不見數千年，他們跟隨師父到祝融峰，就得道而沒有再回到人世。

元柳二公往省從父，是小說的引線。因爲往省從父，誤至仙島，先後求玉虛尊師、南溟夫人歸返人間，當時夫人說：「昔時有劉阮，今有元柳，莫非天也。」待尊師離開仙島前，對二公說：「子宿分自有師，吾不當爲子師耳。」待二公歸返人間時，夫人贈玉壺予二公。二公尋訪師復，以玉壺告之，師復說：「吾貯玉液者，亡來數十甲子。」二公雖然偶然到仙島而後得道，但全文不離「天」、「宿分」觀念，且夫人贈的玉壺，正好是師復以前用來貯玉液的器具，此也不離「命定」觀念。故〈元柳二公〉主題是命定。

元柳二公來到仙島見到雙鬟侍女時，是恭敬地「前告叩頭，辭理哀酸，求返人世」；見到玉虛尊師時，二公「並拜而泣告」；等到隨雙鬟將見南溟夫人時，二公至帳前「行拜謁之禮」；尊師離開仙島前，對二公說他們歸返人世不難，二公「拜」，尊師才離開；夫人命侍女可送二公離開時，二公「感謝拜別」。以上是元柳二公對侍女、尊師、夫人提出將歸返人世的要求時，二公的反應，也由此看出二公對宿命觀念的態度是很恭敬，且是戰戰兢兢的。這是裴鉶借由人物之態度，陳述他在當時對宿命的觀點。因爲小說中安期生是道家人物，內容又提到天尊、衡山等道家的神仙、名山，依裴鉶對道教的著迷程度〔註25〕，加上又是創作元柳二公的人，所以二公對宿命恭敬、戰戰兢兢的態度，必然也是裴鉶對宿命的態度。

3. 〈鄭德璘〉

〈鄭德璘〉的主要內容爲：鄭德璘每年往省江夏親表時，常遇到一個賣菱芡渡船維生的老叟，每次遇到他時，都會與老叟一起飲酒。有一年鄭德璘駐船在黃鶴樓時，韋生的大船也到湘潭，當天晚上，韋生與相鄰的船告別，相鄰船女也來跟韋生之女告別，約半夜時，聽到有秀才吟詩，相鄰船女拿韋氏粧奩紅箋，將聽到的詩寫下。到了早上，鄭德璘船與韋氏船一同離開鄂渚，到了傍晚又停泊在同一處，這時鄭德璘窺見到韋氏之美艷，於是送詩給韋氏，韋氏則回報他：昨晚相鄰船女所題的詩。到了早上，波濤胸湧，韋家船張帆而去，鄭德璘的是小船，所以沒有一起離開。即將傍晚時，有漁夫告訴鄭德璘，韋家全家已隨船沈沒到洞庭湖了。他又驚訝又悲傷，於是寫成弔江姝詩兩首，並把它投於洞庭湖，這舉動感動水神，所以水府派人

〔註25〕王夢鷗，《唐人小說研究——纂異記與傳奇校釋》：「今通覽《傳奇》三十篇之文，及其所謂『道生旨』云者，猶可見裴鉶之神仙道術思想，亦與年俱進，至於晚歲，殆已欲以神仙自況，而與高駢沆瀣一氣矣。」，同註8，頁85。

送還韋氏給他，他高興地納韋氏爲妻。之後三年，他想謀求醴陵縣令，韋氏說只能做到巴陵縣令，結果果然如韋氏所說。當他派人迎韋氏到巴陵時，船正好逆風無法前進，當中有個老叟不以划船爲意，韋氏生氣地對他吐口水，老叟才提起以前曾救活韋氏性命之事，韋氏害怕，於是對老叟又禮遇又叩頭，並表達能拜訪父母的心願，老叟答應。到了水府，才發現父母居住的地方與在人世時相同，只是吃的是菱芡，他們拿幾件白金做成的器物送給女兒，並催促韋氏趕快離去，韋氏哀慟與父母分別，老叟寫詩在韋氏的衣巾後，隨即讓數百個奴僕、侍女給迎回水府。鄭德璘詳查老叟詩意，方才領悟水府老叟就是鬻菱芡的渡船老叟。經過一年多，有個秀才崔希周投卷給他，其詩恰爲韋氏曾回報他的紅箋詩，他覺得疑惑而問崔希周，因而感歎命運。然後不敢越過洞庭湖。他做官做到刺史。

鄭德璘常往來江夏，並與老叟一起飲酒，是小說的引線。因爲如此，當他心儀的韋氏沈於洞庭後，老叟使韋氏復活，並說：「德璘異日是吾邑之明宰，況曩有義相及，不可不曲活爾命。」三年後，當他欲謀醴陵令時，韋氏說：「向者水府君言君是吾邑之明宰，洞庭乃屬巴陵，此可驗矣。」鄭德璘暗自記之，後來果然當選巴陵令。一年過後，崔希周投卷給鄭德璘，其詩恰爲韋氏回報給鄭德璘之紅箋，鄭德璘覺得疑惑而問他，崔希周詳細地說明其詩的由來，鄭德璘歎曰：「命也！」因爲從鄭德璘與老叟相遇以來，就離不開「命定」觀念了。原因之一是當老叟喝鄭德璘酒時，並沒有任何漸愧之情，因爲老叟早知道他將讓韋氏復活當作回報；原因之二是韋氏收到鄭德璘紅綃後，就擊在臂上，所以才讓水神、府君認出她是鄭德璘心儀的對象；原因之三是主者對府君說鄭德璘將是巴陵令之事，正好有意無意讓韋氏聽到，所以韋氏才會斬釘截鐵的說：鄭德璘將選上巴陵令；原因之四是鄭德璘使人迎韋氏時，老叟也在行列之中，所以韋氏才能再見已死去的父母、鄭德璘才知道府君即爲老叟；原因之五是因爲崔希周投卷給鄭德璘，其中正好有韋氏回報給鄭德璘之紅箋詩，所以鄭德璘才會有命定的感歎，故〈鄭德璘〉主題是命定。

鄭德璘面對宿命觀念的態度是感歎。這是裴鉶借由小說人物的態度，陳述他在當時對宿命的觀點。因爲故事地點在洞庭湖附近，小說人物又沒有道家蹤影，研判是裴鉶早期未到高駢庥下所創作，當時他的生活必然不如意，所以借鄭德璘面對宿命觀念的態度，陳述對宿命的感歎觀點。

4.〈文簫〉

〈文簫〉的主要內容爲：文簫四海無家，因萍梗而到鍾陵。每年中秋節時，都會有很多人到許眞君上昇的地方設醮祈福。他也去觀看，當時有個美女歌唱的歌詞裡有「文簫彩鸞」，他驚訝可以遇到神仙，等到美女歌唱結束後，就偷偷跟在美女之

後，美女發現後，仍牽引他至絕頂。美女和他坐定後，有兩個仙娥拿簿書討論在水中溺死的事，他問美女這件事，美女不回答。後來仙娥拿簿書而去，忽然有仙童自天而降，拿著天書宣告：（美女）吳彩鸞洩露天機，被謫為民妻一紀之事。吳彩鸞才與他下山，兩人成婚而回到鍾陵。吳彩鸞寫唐韻來賣以維持生計。夫婦共訓童子數十人，有一夜，聽到兩隻老虎咆哮，到了早上，則不見二人縱影。凌晨，有背著薪木的人看見兩人各跨一虎，往峰巒而去。

文簫去參觀遊帷觀，是小說的引線。因為如此，才能聽到吳彩鸞歌詞有「文簫彩鸞」之句，跟隨她回家時，又聽到不該聽到的天機，所以害吳彩鸞謫為民妻。其實也不算文簫害吳彩鸞被謫為民妻，是因為吳彩鸞歌詞有「文簫彩鸞」之句，所以文簫才會跟隨她回家，等到她發現時，她說：「吾與子，數未合，何遽至此！」仍把文簫牽引至絕頂。此說明命中註定他們應該有交集，然而時機未到。文簫、吳彩鸞下山後，吳彩鸞對文簫說：「吾昨為仙主陰籍，……。然子亦因吾可出世矣。」此說明她雖然已被謫為民妻，但文簫仍可因為她的緣故而成仙。故〈文簫〉主題是命定。命定裡因為文簫、吳彩鸞太早有交集，所以吳彩鸞被謫為民妻；命定文簫可因吳彩鸞而出世。

文簫聽到吳彩鸞歌詞有「文簫彩鸞」之句，驚為神仙，所以才跟蹤吳彩鸞回家，因為主動跟仙女回家，可知他面對宿命觀念的態度是很積極的；吳彩鸞洩露天機，導致被謫為民妻一事，她的反應是：「流涕與簫相同下山，竟許成婚而歸鍾陵，遂止簫所居之室。」因為原為仙女，被謫為凡人妻原是件大事，但她的反應只是流涕，接受被謫為民妻的事實，故可知她對宿命觀念的態度是毫無異意、完全接受。這是裴鉶借由兩個人物之態度，陳述他在當時對宿命的觀點。因為故事地點在鍾陵洪崖壇，王夢鷗認為這是裴鉶想追隨高駢到荊州，但是沒有同行〔註26〕。這就能解釋文簫積極的面對宿命觀念，和吳彩鸞對宿命觀念毫無異意、完全接受的態度。

5.〈顏濬〉

〈顏濬〉的主要內容為：顏濬因落榜而到廣陵遊玩，最後抵達建業，同船的趙幼芳也到建業，他在途中就多買些酒、水果與她一起吃，抵達白沙時，兩人分道揚鑣，趙幼芳為了答謝他，就邀他中元時到瓦官閣遊玩，必然可與神仙般的美女見面。

〔註26〕王夢鷗，《唐人小說研究——纂異記與傳奇校釋》：「唯今存於《雲笈七籤》卷八十八，有仙籍旨訣道生旨一篇，……今按其文，多用駢偶之語以述道術，不特其構辭方法與《傳奇》所有者甚相類，……所稱鍾陵洪崖壇，又正同於其所記吳彩鸞事。……然則裴鉶之任成都節度副使，或因高駢移節他去而亦不安於位，終於『爭流祇願到滄溟』矣。」，同註8，頁83。

他中元時登上瓦官閣，果然有美女。美女倚欄獨語而悲歡，他看著美女無法轉移視線，美女也很驚訝，進而邀請他與趙幼芳至清溪，趙幼芳於是帶他到清溪，才知道美女是張貴妃，同坐還有孔貴嬪，言談間多說陳朝故事，後來張貴妃、孔貴嬪、趙幼芳和他吟詩，又有三人來訪，過了一會兒，聽到雞鳴聲，孔貴嬪等人告辭而去，他則與張貴妃一起就寢。臨別前，張貴妃贈物給他。他到了隔天仍然若有所失，詢問人家，才知道清溪附近的丘墟爲陳朝宮人墓，難過而返家。幾個月後，瓦官閣因寺廢而毀除。他到廣陵時，用酒祭拜趙幼芳墓。

顏濬買酒果與趙幼芳宴飲，是小說的引線。因爲如此，所以趙幼芳建議顏濬中元遊瓦官閣，必可遇神仙當做回報。顏濬去，果然遇到美人張貴妃。因爲張貴妃對顏濬說：「今日偶此登覽，爲惜高閣，病茲用功，不久毀除，故來一別。」此說明瓦官閣即將毀除。又因張貴妃與顏濬分別前，張貴妃說：「別日更當一小會，然須諮祈幽府。」說明他們這次的聚會是事前已經向幽府報備過，所以才能有此聚會。因爲顏濬如趙幼芳預言：遇到張貴妃；瓦官閣如張貴妃預言：即將毀除，故〈顏濬〉主題是命定。

張貴妃遊瓦官閣是因爲閣即將毀除，她的反應是「倚欄獨語，悲歡久之」。與顏濬離別前先贈物，又「嗚咽而別」。因爲感歎即將毀除的閣，又哭泣而別，所以她對宿命觀念的態度是感歎。趙幼芳建議顏濬中元遊瓦官閣，必然可以遇到神仙，顏濬去，果然遇到美女，所以他說：「幼芳之言不繆矣。」等到與張貴妃離別後，他「懵然若有所失」，後來才知道清溪是陳朝宮人墓，「慘惻而返」。因爲順從趙幼芳的話，且在離別之後才懵然若有所失，等到知道清溪原爲墓地後，又慘惻而返，所以他對宿命觀念的態度是毫無異意、完全接受。

6. 〈許棲巖〉

〈許棲巖〉的主要內容爲：許棲巖想去蜀地而買馬，因爲身上的盤纏不多，所以買了一匹瘦弱但價錢不高的馬，雖然每天都讓馬多吃一些草，但馬卻更加瘦弱。他懷疑馬無法到達蜀地，占卜時卻得到乾卦九五，即該馬爲龍馬。他到蜀地的棧道時，與馬一起墜落，就解開馬鞍任憑馬走。馬走到一個洞穴才停止，洞穴裡有太乙眞君臥在石頭上，他將自己的遭遇告訴玉女，玉女又告訴眞君，眞君就邀他喝酒。室內裡有道士，說是穎陽尊師，他料算眞君今天傍晚會東遊，尊師就是曾幫他占卜馬的道士。當天傍晚，他果然與尊師、眞君，一同登東海西龍山，到了早上，又跟眞君回到太白洞。在洞居住半個月後，求還人世，眞君帶他到洞穴，龍馬爲他送行，龍馬一下子就到達虢縣，一問鄉人，才知已經過六十年了。出洞時，玉女託買田婆針，他買了針後，將針繫在馬鞍上，解開馬鞍而放行，馬化龍而離去。他在大中末

年又進入太白山。

　　許棲巖為了去蜀地而買馬，是小說的引線。因為買到的是龍馬，所以往蜀地時就被龍馬引到仙境，並喝了得享千年壽命的石髓，將離仙境時，太乙真君說：「汝飲石髓，已壽千歲，無輸泄，無荒淫，復此來再相見也。……子有仙骨，故得值之。不然，此太白洞天瑤華上宮，何由而至也！」內容雖是說明許棲巖能到仙境之原因，但其中「子有仙骨，故得值之」才是關鍵所在。故〈許棲巖〉主題是命定。

　　許棲巖懷疑自己買的馬無法到達蜀地，所以讓道士卜筮，結果算得此馬為龍馬，方才放心往蜀。將返人間前，太乙真君對他說：「復此來再相見也。」所以他後來又進入太白山。故他對宿命觀念的態度是從一開始有所懷疑，到毫無異意、完全接受。這是裴鉶借由人物之態度，陳述他在當時對宿命的觀點。因為許棲巖在當時買的羸馬後來被證實為龍馬，正好影射裴鉶跟隨高駢，原本高駢是不被看好的羸馬，但後來被證實為龍馬〔註27〕。裴鉶借由人物之態度，陳述對宿命的觀點是從一開始有所懷疑，到毫無異意、完全接受。

7.〈張雲容〉

　　〈張雲容〉的主要內容為：薛昭原為平陸縣尉，因拿錢並放了為母親殺人的囚犯，而被謫為平民。田山叟知道此事，就脫衣買酒為他踐別，看守他的人一起喝卻喝醉了，田山叟就指引他往北走，又送藥給他。到了夜晚，他看到古老宮殿臺階前有三個美女正在飲酒，就跳出來和她們一個喝，快喝醉時，三個美女之一的劉蘭翹就建議擲骰子，誰擲的骰子數字最大就能與他匹配，三個美女的張雲容獲勝，他就坐在張雲容旁邊。張雲容提到以前與楊貴妃、申天師等舊事，他才知道田山叟就是申天師。另外兩個美女蕭鳳臺、劉蘭翹因被九仙媛所忌恨，而被毒死。她們都埋在張雲容墓穴附近。後來蕭鳳臺擊席唱歌，並送他與張雲容酒，包括他在內的三人都跟著唱和。吟詩結束，即聽到雞啼，蕭鳳臺、劉蘭翹離開，他與張雲容同寢幾天，等到張雲容的皮肉生長完成，他又幫忙買張雲容衣服，兩人最後取出墓穴中的寶物，並一起回到金陵。他們到現在容貌都沒有改變，是因為他們都吃了申天師的靈藥。

　　薛昭為有義氣之士，是小說的引線。因為有義氣，所以幫助為母復仇的人，反而使自己受禍。也因為受禍，得到田山叟的幫助得以脫逃，才能在脫逃過程中遇到三女，得到成仙的機會。田山叟幫助薛昭時，先贈藥，又指點他往北逃，並說：「當

〔註27〕王夢鷗，《唐人小說研究——纂異記與傳奇校釋》：「夷考高駢早歲遠戍塞下，久經寃抑始得泰州一郡。裴鉶於是時應其辟召，朋儕或以此笑其如乘羸馬之難於飛黃騰達也。其後因南征西討，累功進封至燕國公而作東南重鎮，斯則成為龍馬矣。」，同註8，頁83。

獲美姝」，果然如田山叟所說，遇到三女，並與張雲容同寢。張雲容對薛昭解釋，自己得到申天師幫助時說：「先師之兆，莫非今宵良會乎？此乃宿分，非偶然耳。」等到知道田山叟即爲申天師時，薛昭說：「山叟即天師明矣。不然，何以委曲使予符曩日之事哉？」因爲得到田山叟的指點，薛昭、張雲容才能成仙，故〈張雲容〉主題是命定。

張雲容曾向申天師乞求藥丹，但天師說她不久將離世，她回答：「朝聞道，夕死可矣。」因爲曾乞求藥丹，又積極面對道，所以她對宿命觀念的態度是很積極的。田山叟贈藥給薛昭說：「不獨逃難，當獲美姝。」所以當薛昭遇到三女談論好人時，想起山叟話，就跳出來充當好人。當他得知山叟即天師時，驚訝地說：「何以委曲使予符曩日之事哉？」因遇到美女時，積極承認自己是好人，知道山叟爲天師時，又積極承認之前發生的曲折，讓他可以符合天師的預言，故他對宿命觀念的態度也是很積極的。

8.〈虬髯客〉

〈虬髯客〉的主要內容爲：隋煬帝命令楊素駐守西京。每次公卿賓客向楊素進言時，楊素都自視甚高，排場甚至超過隋煬帝。有一天，李靖來見楊素，楊素才收斂傲慢的態度，並接受他的策略。他離開後，有紅拂妓跟從他，他沒有想到會有美女跟隨他，一邊欣喜一邊恐懼。幾天後，有虬髯客騎著拐腿的驢子來，紅拂見虬髯客爲烈士就拜爲義兄，虬髯客知太原有奇氣，就請李靖代爲引見李世民。等到見到李世民，虬髯客知其眞天子而對政局心死，但仍要求再由他的道兄見見李世民。等到他的道兄一見，以棋局暗示政局之輪，他這才放棄在這世界的政局，於是將珍珠寶物贈給李靖、紅拂來輔佐李世民，與妻告辭離去。後來他殺了在東南邊的扶餘國君主自立爲王。

紅拂慧眼識李靖、虬髯客，是小說的引線。因爲慧眼，所以知李靖爲可追隨的對象；也知虬髯客不是一般的好色之徒，於是將一場即將上演的衝突化爲結拜之情。虬髯客第一次見李世民時，是坐在末座，見到李世民後心死，並對李靖說：「眞天子也。」等到虬髯道兄見時，道士先以棋局暗示政局之輪，並說：「此世界非公世界也，他方可圖，勉之，勿以爲念。」後來虬髯客將家產贈予李靖時說：「某本欲於此世界求事，……今既有主，住亦何爲？太原李氏，眞英主也。」貞觀中，李靖知虬髯客爲扶餘國之主，與紅拂祝拜東南。作者評曰：「乃知眞人之興，非英雄所冀，況非英雄乎？人臣之謬思亂，乃螳螂之拒走輪耳。」全文以眞天子、眞英主、眞人觀念貫穿，並警告亂臣賊子若作亂，就像螳臂擋車一樣。所以〈虬髯客〉主題在命定，因爲所謂眞天子、眞英主、眞人都是已經被決定好，無法改變。

虬髯客見到李世民時，是「默居坐末，見之心死」，其實坐在末座，就已經暗示相較於李世民，虬髯客處於不對等（末座）的地位，但他仍力挽狂瀾地說：「吾見之十八九定矣，亦須道兄見之。」等到虬髯道兄見時，道士是以棋局之輸暗示政局之輸，此時虬髯客對此世界才算真正的放棄。所以他對宿命觀念的態度是從一開始的不認輸，到後來毫無異意、完全接受的。

有的小說人物對宿命觀念的態度是毫無異意、完全接受的，如：張無頗、吳彩鸞、顏濬；還有的（態度）是一開始有所懷疑、不認輸，到最後毫無異意、完全接受，如：許棲巖、虬髯客；還有的是感歎，如：鄭德璘、張貴妃；還有的是很積極的，如：文簫、張雲容、薛昭；還有的是很恭敬，且是戰戰兢兢的，如：元柳二公。這是裴鉶借由小說人物的態度，陳述對宿命的觀點。

各篇之所以為「命定類」，是因為小說中有反覆特別強調的重要關鍵詞，或人物的一語成讖：如〈張無頗〉中袁大娘之預言成真，廣利王也說張無頗與王女兩人之婚姻「當是冥數」；〈元柳二公〉中全文不離「天」、「宿分」觀念；〈鄭德璘〉從與老叟相遇以來，就離不開「命定」觀念了；〈文簫〉中吳彩鸞詩的預言成真；〈顏濬〉中預言瓦官閣即將毀除；〈許棲巖〉因有仙骨，所以才能到仙境，進而成仙；〈張雲容〉中田山叟（申天師）的預言成真；〈虬髯客〉中全文以真天子、真英主、真人觀念貫穿。故為「命定類」。

（二）反例：對抗宿命

針對無法逃避的命運，稱為「宿命」。小說人物也能預測即將發生的事情，但他們都想辦法對抗這即將發生的事情，有些原因導致他們失敗，所以使他們無法改變命定的結果。

1.〈盧涵〉

〈盧涵〉的主要內容為：盧涵騎馬來到自己的莊園，距離莊園十幾里的大栢林附近有店家，當時太陽快下山了，因為讓馬休息而看到一個侍女。侍女就邀請他一起喝酒，並擊席唱歌送他，酒喝完了，侍女再去取酒來喝，他偷偷的跟在侍女後面，結果看見有條大黑蛇懸在半空中，侍女用刀刺蛇，讓蛇血滴在酒樽中變為酒，他害怕，知道遇到怪物，急忙跑出門外解開馬逃走。侍女發現後，連忙呼喊必須留他一晚，沒有成功，侍女又呼喊東邊的方大一起追，他快馬加鞭，經過小栢林時，又聽到人說：今晚必須捉住他，不然明天就有大禍了，他聽了更害怕，到達莊園時，他躲到空車的車箱下，看到東邊方大靠著門，手拿著戟，用它刺莊園內小孩，過了很久才離開。他估計東邊方大已走遠，才扣莊園的門。到了早上，聽到莊園內有哭聲

說：三歲小孩昨晚睡了就沒有再醒來。盧涵率領家僮及莊客，拿刀子、斧頭、弓箭準備找他們理論。只見當時喝酒處並沒有任何人，搜尋栢林時，看見給死人用的大器具，旁邊有一條死掉的黑蛇，又看見一個大的方形骨，就把它們都毀壞還用火燒，再將人的白骨投到坑洞裡。他本來有風疾，因為喝了蛇酒而痊癒。

　　盧涵跨馬造莊巧遇青衣，是小說的引線。因為巧遇青衣，接受青衣家醞，方悟怪魅，急忙欲逃回莊裡，青衣留曰：「今夕事須留郎君一宵，且不得去」，經一小柏林中，又有人言：「今宵必須擒取此人，不然者，明晨君當受禍。」及旦，盧涵果然遂率家僮及莊客十餘人，持刀斧弓矢而究之。而烏虵已斃，故盧涵等人毀折而焚一大方相骨，又將白骨投於塹。按照青衣原本的計畫，她是打算留盧涵一宵，在小柏林中，也有人說須擒此人之言。但是因為沒能留住、擒住盧涵，所以他們就受禍了。故〈盧涵〉主題是命定。青衣、烏虵、東邊方大、巨物，他們早知道會受禍，想要改變結果，結果無法改變，自己果然受害。

2.〈曾季衡〉

　　〈曾季衡〉的主要內容為：曾季衡年少時喜好美色，不認為人鬼殊途。某天下午，有侍女引領王麗真到他的住處，他與王麗真幽會。王麗真離去前，要求他不要將幽會之事洩露給其他人，就和侍女都不見了。從此以後她們每天下午來，將近有六十幾天。後來曾季衡說溜了嘴，當天，王麗真指責他洩露秘密，臨去前留詩贈物，他也是，王麗真說完沒有經過六十年不能再相見後，就離開了。他從此無論睡著還是睡醒都思念王麗真，王回治療他好幾個月後，他才痊癒。他詢問五原紉針婦人這件事，才知道王麗真沒有疾病就過世，現在已葬在北邙山，但靈魂在這裡，所以很多人看過。

　　曾季衡願覯靈異，頻蓺名香，頗疏凡俗，步遊閑處，恍然凝思，是小說的引線。因為曾季衡不以人鬼為間，王麗真感其思深杳冥，故來相見。相見後，王麗真曾對曾季衡言勿泄於人，但曾季衡負約，所以，王麗真責備曾季衡泄言，又曰：「殆非君之過，亦冥數盡耳。」故〈曾季衡〉主題是命定。因為王麗真早知曾季衡將會負約，但還是事先要求他勿泄言，她無法改變既定事實，所以他們沒有經過六十年，不會再相見。

3.〈高昱〉

　　〈高昱〉的主要內容為：高昱曾停船在昭潭，看見潭上有三位美女坐在芙蓉花上，他暗自記得三女各喜好釋、道、儒的話。到了早上有和尚來渡河，結果溺死。他大驚，心想昨晚聽到的不是謬論。隨即又有一個道士艤舟將要渡河，他上前阻止，

道士不信，結果又溺死。又有一個書生，拿著書囊要渡河，他拉著書生的衣服袖子制止，忽然有像鍊子的東西從潭中飛出來，纏繞書生把書生捲入潭中。他嘆息命中註定一下子就死了三個人。過了一會兒唐勾鼇和他的弟子也來到昭潭，他早就聽過唐勾鼇的道術，就詳細敘述和尚、道士和書生溺死的事。唐勾鼇非常生氣，命令弟子拿著符叫水怪搬家。隔天清晨有黑氣從昭潭中跑出來，有三條大魚和很多的小魚都離開了。他也與唐勾鼇一起乘船離開。

高昱潛聽三女之言，是小說的引線。因為潛聽，所以知道她們將依序吃僧、道、儒。三女之一夢到子孫將遷徙的不祥之夢，又說：「府君適來所論，便成先兆，然未必不為禍也。」高昱雖知她們將依序吃僧、道、儒，也曾試著阻止，見書生將被拉入潭中時，與渡人捉書生衣襟，但縈涎流滑，手不可制，嘆曰：「命也；頃刻而沒三子。」待叟要求水怪遷徙時，美女曰：「不祥之夢果中矣。」三女早知道自己可以依序吃僧道儒，也夢到即將遷徙，但還是安慰自己「未必不為禍」。後來真的依序吃僧道儒，也必須遷徙時，哭泣欲以明珠為獻也無所用。故〈高昱〉主題是命定。

青衣、烏蛇、東邊方大、巨物（以下用「青衣等人」）遇到宿命的對抗方法是：留盧涵一宵；王麗真遇到宿命的對抗方法是：要求曾季衡不要洩露幽會秘密；三女遇到宿命的對抗方法是：安慰自己不一定是災禍及想以明珠賄賂弟子，換取三天的遷徙時間。

青衣等人遇到宿命的失敗原因是：沒能留住、擒住盧涵；王麗真遇到宿命的失敗原因是：曾季衡洩露秘密；三女遇到宿命的失敗原因是：一開始安慰自己，等到夢成真時，想要賄賂也來不及了。

青衣等人「嘗試過」想要改變命運，如：先用她酒請盧涵喝，藉以留住盧涵，留不住後，又有其他同伴準備擒住盧涵等具體行動，結果無法改變，導致失敗。王麗真雖然也「嘗試過」想要改變命運，但曾季衡的行為卻是她無法掌控的。三女一開始沒有「嘗試過」想要改變命運，因為她們安慰自己可能不是災禍，等到真正發生事情時，「嘗試」想要改變命運，結果連想爭取遷徙時間也無法改變。

主題為「命定」的《傳奇》故事，有些人物對宿命觀念的態度是想要改變命運，有的是一開始有所懷疑、不認輸到最後毫無異意、完全接受；還有的是感歎、積極、恭敬、甚至於是戰戰兢兢的。這是裴鉶借由小說人物之態度，陳述對宿命的觀點。

不管人物對宿命觀念的態度為何，他們最後都只能按著「命定」的方向前進。所以有些人物得道、成仙，如：張無頗、元柳二公、文簫、吳彩鸞、許棲巖、薛昭、張雲容；有些官至刺史，如：鄭德璘；有些在別地稱王，如：虯髯客；有些相見須透過幽府，如：張貴妃與顏濬；有些沒有經過一段時間，不會再相見，如：王麗真

與曾季衡；有些受禍而死，如：青衣等人；有些遷徙而去，如：三大魚與無數小魚。

二、仙道類

「仙道」類定義為：小說以描述人物得道（或未得道）的過程為主。

（一）正例：得道

1.〈蕭曠〉

〈蕭曠〉的主要內容為：蕭曠在洛水彈琴，琴聲吸引洛浦神女來，他問神女關於洛神與陳思王的傳說，接著織綃娘子也來了，他問織綃關於柳毅的得道傳說、龍的特質、修行，織綃以天機不能洩露為理由，只回答部分問題。神女接著命人傳觴敘語，雞鳴時，兩個仙女留詩，他答詩，兩個仙女送他寶物後就凌空而去，他保留仙女們的寶物，朋友曾遇過他，把這件事寫出來。現在他逃離人世已經看不到他了。

蕭曠夜半於洛水之上彈琴，是小說的引線。因彈琴引來洛浦神女、織綃娘子，所以蕭曠對洛浦神女提出一般世人對仙界的疑問。以它的篇幅來說，約有四分之三是由蕭曠提問，然後洛浦神女、織綃娘子回答。蕭曠提的問題多與兩個仙女的身分相關，如問洛浦神女：與陳思王的糾葛、陳思王死後的靈魂何在等問題，這是因為洛浦神女是甄后的緣故；而問織綃娘子：龍的特質、龍的修行，也提了幾個關於仙界龍傳說的問題，如：柳毅娶龍女、雷煥化龍、龍求馬師皇治病的傳說，這是因為織綃娘子為龍王之處女的緣故，所以蕭曠提問都圍繞在此。所以〈蕭曠〉的主題是解釋一般世人對仙界的疑問。這是裴鉶假借小說人物之提問，陳述剛接觸道的一般世人，對仙界的疑問。因為故事地點在洛水、嵩山，裴鉶早期就生活在黃河附近〔註 28〕；內容並沒有記載蕭曠是如何得道的，反而把大部份的篇幅用在提問及回答問題上，所以是裴鉶早期接觸道教未深時，對道教還有像蕭曠一樣的疑問所創作。

〈蕭曠〉神女臨走前曰：「君有奇骨異相，當出世。但淡味薄俗，清襟養真，妾當為陰助。」這裡間接指出得道條件除了須先天具備奇骨異相外，還要後天淡味薄俗，清襟養真的努力，加上仙女的暗助，才能出世。

2.〈江叟〉

〈江叟〉的主要內容為：江叟某天在閺鄉時，因喝酒在大槐樹下醉倒，到了半夜才醒。當時他聽到很重的腳步聲，就偷偷地看，結果看到荊山槐和大槐在說話，

〔註28〕王夢鷗，《唐人小說研究——纂異記與傳奇校釋》：「作者早歲蓋居河洛，亦嘗習業而至長安。」，同註8，頁89。

到了早上，他用酒和內脯祭獻，並請樹神指點哪裡有道師，槐神建議往荊山尋鮑仙師，他就往荊山尋訪，果然找到鮑仙師。仙師送他玉笛，他用玉笛吹了三年，結果有老龍飛來送他珍珠，他把珍珠熬煮兩天後，有小龍化爲人，拿著化水丹來換珍珠，他吃了藥就變成兒童的面色，而且碰到水都不會沾溼。他因此遊歷了天下所有的洞穴，他後來住在衡陽，容貌髮色就像以前一樣。

江叟潛聽樹神們對話，是小說的引線。因潛窺樹神們對話，及且，對槐神曰：「某好道，但不逢其師。」因此得到槐樹指示尋師。仙師問江叟有何能，江叟回答：「好道，癖於吹笛。」仙師聞而贈玉笛，後江叟果然得道。〈江叟〉主題是因偶然遇樹神而得道。

〈江叟〉主題雖因偶然遇樹神而得道，但江叟本身多讀道書、廣尋方術、善吹笛的特質，間接促成他能得道。

3.〈陶尹二君〉

〈陶尹二君〉的主要內容爲：陶尹二君多遊歷嵩山、華山。有一天他們在松樹下休息、喝酒，就聽到兩個人的掌聲和笑聲，他們分別是古丈夫和毛女，原本他們是秦朝之役夫與宮人，爲了逃避災禍而躲來這座山，二君問他們金丹大藥，古丈夫不知道，但是告訴二君吃樹木果實能長壽之方法，喝酒快結束時，兩位仙人吟詩，又送松脂栢子，二君用酒吞下，兩位仙人告辭離開，結果看見他們所穿之衣服，被風吹成像花片、蝶翅。現在二君住在蓮花峰，雲臺觀道士常常遇到二君他們，也常常對別人說他們得道之緣由。

陶尹二君因攜釀醞，陟芙蓉峰尋異境，是小說的引線。因攜釀醞引來古丈夫與毛女，並由兩位仙人贈食木實法與松脂栢子，使陶尹二君得道。〈陶尹二君〉主題是因二君偶然遇古丈夫、毛女而得道。

〈陶尹二君〉主題雖是偶然遇到古丈夫、毛女而得道，但陶尹二君多遊嵩、華二峰，採松脂茯苓爲業，並慷慨分享釀醞，而古丈夫回贈食木實法與萬歲松脂、千秋栢子，間接促成他們得道。

4.〈裴航〉

〈裴航〉的主要內容爲：裴航因爲落榜去拜訪老友，老友送錢給他，他回來時同船有樊夫人，他愛慕樊夫人的美色，而贈詩給她，樊夫人拒絕，並回贈暗指未來的詩。抵達襄漢後，樊夫人與婢女不告辭而離去，裴航尋訪她們至藍橋驛站，因口渴請求老嫗給水，老嫗叫雲英拿來，他才想起樊夫人詩有「雲英」的句子，他懇求老嫗能娶雲英，老嫗要求用玉杵臼當作聘禮。他到了京城，一心一意尋求玉杵臼，

獲得玉杵臼後，拿著它再回到藍橋時，雲英要求他為她擣藥百日，他答應了。擣藥百日後，老嫗吞了藥，並帶雲英進入山洞為他準備帳幃，過一會兒，有仙童、侍女來迎接他，老嫗並引見多位神仙給他認識，還包括之前同船的樊夫人，他和雲英婚後住在玉峰洞，吃絳雪瓊英丹，成為上仙。到了太和年間，朋友盧顥遇到他，問他如何得道的事。後來沒有人再遇過裴航。

裴航因下第謁故友，是小說的引線。因為謁故友，才能遇到樊夫人，等到真正遇到雲英時，想起樊夫人詩的暗示，於是答應老嫗必攜玉杵臼至。及於坊曲鬧市喧衢，不以舉事為意，高聲訪求玉杵臼，或遇朋友，若不相識，眾言為狂人。數月餘日，遇一貨玉老翁曰：郎君懇求如此，吾當為書導達虢州卞老。卞老欲貨二百緡，裴航乃瀉囊，兼貨僕貨馬，方才湊到買玉杵臼的錢，最後還步行抵達藍橋。因為他當下只要求得到玉杵臼，其餘一概不予理會，這就是他後來能得道的原因。他的這些作為，均符合他在最後告訴友人盧顥的話，即老子：「虛其心，實其腹」的道理。若心多妄想，腹漏精溢，虛實可知，就無法得道了。而這句老子：「虛其心，實其腹」就是貫穿全文的主題。

裴航因為只要下定決心做一件事，無論如何就一定會把該件事完成，絕不多想，如：答應老嫗必攜玉杵臼至、答應為雲英擣藥百日之事，這就符合他在最後告訴盧顥：「虛其心，實其腹」，淨化人民心思，使人不多生主張；滿足人民口腹，沒有其他貪求的道理。

5. 〈趙合〉

〈趙合〉的主要內容為：趙合遊歷五原時，因為喝酒醉倒在沙漠中，半夜酒醒，聽到沙漠中有女子在吟詩，他起身拜訪，女子李氏告訴他在五原的遭遇，並請他將屍骨歸於奉天，他答應了。隨後李文悅也來了，李文悅告訴他有功於五原，請他轉告五原百姓和刺史，希望能建德政碑來紀念，他也答應了，但當他告訴百姓和刺史時，他們都認為他在胡亂說話，他惆悵地回到沙漠，李文悅感謝他，並預言五原將有災禍一事。不到一個月，五原就餓死上萬人。趙合將李氏屍骨帶回奉天安葬，李氏感謝他而送他能得道的經書。他從此捨棄科舉一事，專心研究經書的玄微之處，鑽研了一年，就能將瓦礫變為金銀財寶，鑽研了二年，就能讓人起死回生，鑽研了三年，就能脫離人世。現在還有人在嵩嶺遇到他。

趙合醉寢，宵半醒，訪悲吟女子，是小說的引線。訪悲吟女子李氏，知其歸骨心願，趙合幫忙歸骨後，李氏贈經使趙合得道。〈趙合〉主題是因趙合助人而後得道。

〈趙合〉因貌溫氣直，行義甚高，得知李氏想歸骨心願，就義無反顧幫助她，因而得到李氏的回報，促成他能得道。

值得一提的是，〈趙合〉因趙合助人而得道。但其實有大部份的篇幅是李文悅在陳述他對五原百姓的功勞。王夢鷗認爲這是裴鉶阿諛長官高駢所作〔註29〕。雖然主要在談論李文悅的功勞，但李文悅出現是因爲「知子仁而義，信而廉，女子啓祈，尚有感激」，即趙合先答應幫李氏歸骨，而李文悅才出現，並要求立碑，趙合替他告訴百姓和刺史後，他也不像李氏有所回報。既然又是阿諛之作，所以當以李氏故事爲主，因此主題是因趙合助人而後得道。

〈江叟〉、〈陶尹二君〉是因爲偶然遇到神仙而得道；〈趙合〉是因爲助人而後得道；想要成仙、得道，就得先對仙界有一番瞭解，所以〈蕭曠〉是當遇到神仙時，提出世人對仙界的疑問；〈裴航〉是因爲瞭解並貫徹「虛其心，實其腹」，所以才能得道。

〈蕭曠〉主題雖是解釋世人對仙界的疑問，卻也間接說明得道原因，即本身必須具備奇骨異相；〈江叟〉、〈陶尹二君〉主題雖是因人物偶然遇到樹神、古丈夫、毛女而得道，但江叟本身有讀道書、尋方術、善吹笛的特質、陶尹二君慷慨分享釀醯，間接促成他們能得道的原因；〈趙合〉主題是因爲助人而後得道，而趙合性格貌溫氣直，行義甚高，促使他最後能得道。

〈蕭曠〉、〈江叟〉、〈陶尹二君〉、〈裴航〉、〈趙合〉中，人物都有好的遭遇，這也是他們能得道的原因之一。如〈蕭曠〉遇到洛浦神女、織綃娘子；〈江叟〉遇到樹神；〈陶尹二君〉遇到古丈夫與毛女；〈裴航〉遇到樊夫人；〈趙合〉遇到李氏，因爲他們能遇到神仙或仙女，這也促成他們得道。

除了本身性格，與好的遭遇外，還有一些具體的修行方法，如〈蕭曠〉得道的修行方法是淡味薄俗、清襟養眞；〈江叟〉得道的修行方法是吹玉笛以召龍出、龍出而贈珠、熬珠三日、小龍持化水丹贖珠、呑丹爲水仙；〈陶尹二君〉得道的修行方法是食木實；〈裴航〉得道的修行方法是虛其心，實其腹；〈趙合〉得道的修行方法是：窮之演參同契續混元經，因爲有這些具體的修行方法，加上人物本身性格，與好的遭遇，才能得道。

（二）反例：無法得道

1.〈韋自東〉

〈韋自東〉的主要內容爲：韋自東住在段將軍莊時，聽說有兩個吃人的夜叉住

〔註29〕 王夢鷗，《唐人小說研究——纂異記與傳奇校釋》：「按李文悅事出於元和十三年，……竊疑《傳奇》作者此文，即作於初入高駢秦州幕次時，得聞鳳林關舊事，故於〈趙合篇〉中插入，其意亦在阿其長官所好。」同註8，頁81。

在這座山的精舍，於是自願殺夜叉。到了精舍，心裡盤算夜叉還沒回來，於是他拔柏樹當做門閂，這天夜裡，夜叉帶著鹿回來，生氣門被反鎖，用頭撞門，他用柏樹敲打夜叉的腦，夜叉就死了。接著又有另一隻夜叉回來了，又生氣地撞門，他又敲打，這隻夜叉也死了。他就烹煮鹿來吃。到了早上，就帶著兩隻夜叉的頭和其他的鹿肉給段將軍看。觀看的人很多，有個道士也在人群中，懇求他幫忙拿劍保護靈藥，他答應了。到了道士燒煉仙丹之處，他先用劍擊殺大毒蛇，又用劍輕掃一女子，到了快天亮時，有妖魔自稱是道士的師父也來了，他相信了，所以收起劍禮遇道士的師父，突然間，燒煉靈藥的鼎爆炸。道士痛哭，他也非常後悔自責。他和道士兩人用泉水洗鼎來喝，他就變得較年輕了。他後來就到南嶽，不知道他住哪裡。也不知道道士去哪裡了。

　　韋自東為義烈之士，是小說的引線。因為是義烈之士，所以能斷二夜叉首級，道士才會找他幫忙擊妖。但第三次幫道士擊妖沒有成功，是因為有妖魔自稱為道士之師的緣故，時間在將欲曙，即與道士約定的最後期限之時，而且妖魔還寫了證明自己身分為道士之師的詩。以上種種原因都是因為韋自東為義烈之士，所以相信了妖魔，沒有成功阻擋妖魔，因而失去得道機會。在韋自東自願仗劍殺夜叉時，段將軍曾悄然說：「韋生當其咎耳。」這句話並不適用在殺夜叉時，卻適用在幫道士擊妖時。故〈韋自東〉主題是因韋自東對自己太過自信，忘了道士叮嚀，進而失去得道機緣。

　　值得一提的是，〈韋自東〉與〈杜子春〉、〈蕭洞玄〉等篇情節相近。《太平廣記‧卷十六‧杜子春》主要內容為：杜子春得到老人三次贈金，杜子春替老人看守藥爐當作回報，老人臨走前叮嚀杜子春勿語，等到老人離去後，隨即有大將軍、猛虎毒龍……等幻象出現，但是杜子春都不開口，後來杜子春看到自己投胎變成不會說話的女人，有天丈夫當他的面欲摔死孩子，他失聲叫出來，當時剛好五更，但是藥爐已毀壞，杜子春因而失去成仙機會，後來他回到人間，還要再回去找老人，已不見老人跡蹤。《太平廣記‧卷四十四‧蕭洞玄》主要內容為：蕭洞玄與終無為一起煉丹，他叮嚀終無為到五更前不能說話，終無為守在藥爐前，看到道士、群仙……等人物出現，他都不發一語，後來他看到自己投胎變成不會說話的男人，有天妻子當他的面欲摔死孩子，他失聲叫出來，當時天快亮了，但是藥爐已消失無蹤，蕭洞玄與終無為兩人抱頭痛哭，後來就不知道他們去哪裡了。〈韋自東〉、〈杜子春〉、〈蕭洞玄〉三篇情節相近，是因為情節都有：守丹爐、對抗幻象、在約定時限前失敗、失去得道機會等類似的情節，故說三篇情節相近。此三篇最早的來源可能是《大唐西域記‧卷七‧烈士池》，其主要內容為：一隱士已知成仙的方法，但還需要一烈士幫忙，後來隱士到處找尋烈士，

結果看到一個替主人做五年白工的傷心人，隱士帶他到草廬，又送他錢，他感激隱士，想報答隱士，隱士希望他一個晚上不出聲來當作回報，他答應了，但到了天快亮時，他卻突然叫出聲，當時發生火災，隱士急忙帶他到池裡避難，他才告訴隱士，他看見以前的主人，卻遭主人殺害，投胎後歷經受業、冠婚、喪親、生子，他都不出聲，到了六十五歲時，妻子威脅他若不出聲就要殺孩子，他因為阻止妻子而出聲。他傷心不能回報隱士，憤恨而死。這個池因為讓兩人避開火災，而稱為救命池；又因為烈士感恩無法回報而死，又稱為烈士池。〈烈士池〉的情節，也有約定（某事）、對抗幻象、在約定時限前失敗、失去成仙機會。因〈烈士池〉、〈韋自東〉、〈杜子春〉、〈蕭洞玄〉四篇，以〈烈士池〉記載最早，故疑為最早的來源。

2. 〈封陟〉

〈封陟〉的主要內容為：某天即將午夜時，有仙女從天而降，降到封陟房前，希望能和他結婚，他拒絕，仙女留詩後離開，他視若無睹。七天之後的夜晚，仙女又來了，希望能和他結婚，他又拒絕，仙女又留詩後離開，他看完詩仍然沒有改變主意。七天之後的夜晚，仙女又來了，希望能和他結婚，還要送他還魂丹，他生氣地罵仙女。仙女的侍嬬諫言說，他是個木頭人。仙女長嘆，又留詩後離開，他仍然不改心意。之後三年，他染病而亡，使者驅趕他到地府前，途中忽然遇到神仙，他抬頭看，發現是以前要和他結婚的仙女，仙女把他的壽命延長十二年，使者命令他跪著答謝仙女，並帶他回到人世，過了很久，他才蘇醒過來，回憶以前的事，非常後悔，但是也只能哭泣、自責而已。

封陟為青牛道士封君達之苗裔，是小說的引線。因為這層關係，上元夫人才會三次求其匹配，但是三次都被封陟拒絕了。後來封陟染病而終，上元夫人使封陟更延一紀，封陟復蘇，但追悔昔日之事。封陟第一次拒絕的原因是：「但自固窮，終不斯濫。必不敢當神仙降顧，斷意如此，幸早廻車。」第二次拒絕的原因是：「某身居山藪，志已顓蒙，不識鉛華，豈知女色。幸垂速去，無相見尤。」第三次拒絕的原因是：「我居書齋，不欺暗室。……。心如鐵石，無更多言。儻若遲廻，必當窘辱。」三次拒絕都義正詞嚴。上元夫人只好失望地離開，此時封陟仍然沒有改變心意。等到他染疾而終，上元夫人使他更延一紀，他「追悔昔日之事，慟哭自咎」。與先前三次的拒絕態度完全不同。故〈封陟〉主題是因封陟表裡不一，故與神仙失之交臂。

封陟、韋自東之所以無法得道，是因為他們本身性格一個表裡不一、一個太過自信，此與上文人物得道原因的性格相左，以致於他們無法得道。

〈韋自東〉、〈封陟〉中，人物本身也有好的遭遇，如〈韋自東〉中道士願意分享靈藥；〈封陟〉中上元夫人降臨封陟書齋三次，但是他們沒有好好把握，以致於錯

失得道機會。

　　〈韋自東〉得道的修行方法是仗劍衞靈藥；〈封陟〉沒有得道的修行方法，所以即使封陟、韋自東本身有好的遭遇，不管是否有修行方法，導致他們無法得道的重要原因就是：個人性格。

　　主題爲「仙道」的《傳奇》篇章，人物全都有遇到神仙、仙女、道士的好遭遇。除了〈封陟〉之外，也全都有具體的修行方法，如：淡味薄俗、清襟養眞；吹玉笛以召龍出、龍出而贈珠、熬珠三日、小龍持化水丹贖珠、吞丹爲水仙；食木實；虛其心，實其腹；窮之演參同契續混元經；仗劍衞靈藥等方法。還有個人本身必須具備奇骨異相；有讀道書、尋方術、善吹笛的特質；慷慨分享釀醯；貌溫氣直，行義甚高等性情、體格，要三者均具備才能得道；若本身性格表裡不一、太過自信，即使有好的遭遇、有具體的修行方法，仍然無法得道。

三、俠義類

　　原本俠義類應該專指行俠助人，但〈蔣武〉因爲聽到猩猩轉述大象遭到蛇害的事，所以幫助大象除害，雖然對象是動物，但仍然是除害，所以擴大如幫助動物，也算在俠義類之內。

（一）行俠助人

1.〈崑崙奴〉

　　〈崑崙奴〉的主要內容爲：崔生的父親讓崔生去探病，他向一品表達父親的關心，一品很高興，命令他坐著說話，又命令紅綃妓，用湯匙餵他吃。他離去前，紅綃用隱語暗示他，就沒有再多說話。他回家後，向父親傳達了一品的話，就回到他的住處，自此之後，他整天茶不思飯不想，這事被崑崙奴磨勒發覺，磨勒就替他解開紅綃的隱語，還背他在約定的時間、地點到紅綃住的地方，紅綃請求他能救她離開一品家，他不說話，但是磨勒答應了。磨勒先背紅綃的行李三次，又背他和紅綃到他的住處躲藏。到了早上，一品家發覺，但是害怕遭受禍害，所以不敢聲張。紅綃藏匿在他家兩年，因爲到曲江遊玩，被一品家的人認出來，一品問他這件事，他詳細的說明緣由，還說是因爲磨勒的緣故。一品欲捉磨勒，磨勒脫逃不知去向，崔家大驚。後來一品每天晚上都多派家童持劍自衛，一年後才沒有這樣。之後十幾年，崔家有人看見磨勒在洛陽市場賣藥，容貌和以前一樣。

　　崔父使崔生往省一品疾，是小說的引線。因爲如此，才能遇見紅綃妓，也才能發覺崑崙奴之俠，並揭露勳臣逼良爲妓的行爲。所以〈崑崙奴〉主題是：譴責逼良

為妓行為,獎勵俠士風範。

〈崑崙奴〉中一品的惡行,是強逼良女為妓。如經由紅綃口中說出:「某家本富居在朔方。主人擁旄,逼為姬僕。」幸好有磨勒替她解決難題(救她脱離牢籠)。磨勒性格善於察言觀色。如崔生歸後,惟有磨勒顧瞻崔生曰:「心中有何事,如此抱恨不已?何不報老奴!」磨勒遇到問題時,又能積極解決,如:當崔生白其紅綃之隱語時,磨勒曰:「有何難會!」當紅綃請求崔生救脱狴牢時,磨勒曰:「娘子既堅確如是,此亦小事耳。」磨勒行俠後,並沒有使自己陷入險境,他後來的結局是:賣藥於市,容顏如舊。

2. 〈聶隱娘〉

〈聶隱娘〉的主要內容為:有女尼到聶鋒家化緣,很喜歡他的女兒聶隱娘,就偷偷盜走聶隱娘,再教她俠術。五年後,女尼送她回家。一家人問她所學,她回答後,父親很害怕,所以不喜歡她。當時有個磨鏡少年來到她們家,她告訴父親希望能嫁給磨鏡少年,父親不敢不答應。幾年後,父親過世。魏帥雇用她為左右吏。到了元和年間時,魏帥命令她去殺劉昌裔,但她卻反而為劉昌裔所用。她先後為劉昌裔擊斃精精兒、擊退空空兒,劉昌裔轉而厚待她。元和八年,劉昌裔入京,她不願跟從,但是求一個只乾領薪水不用負責的職位給丈夫,劉昌裔答應了,後來就漸漸不知她的消息。直到劉昌裔死了,她騎驢來到京城劉昌裔的靈柩前,慟哭而去。開成年間,劉昌裔的兒子劉縱遇到她,她拿了一顆藥要劉縱吞下,並勸劉縱隔年必須拋棄官職回到洛陽,因為藥效只有一年,劉縱不相信。隔年,劉縱不休官,果然死了。從此沒有人再看過她。

有尼取聶隱娘而教,是小說的引線。因為教聶隱娘武術,所以她才能成為魏帥左右吏,為劉昌裔除患,保劉縱一年。聶鋒知聶隱娘之武術時,甚懼,亦因茲不甚憐愛。雖父給衣食甚豐,父卒時,聶隱娘沒有反應。聶隱娘為劉昌裔除患後,劉昌裔厚禮之。及劉薨,聶隱娘鞭驢至京師柩前,慟哭而去。對兩位死者有截然不同的反應,代表她對兩人的感情差異。等到劉縱於蜀棧道遇聶隱娘時,聶隱娘出藥保劉縱一年。更強調在父卒之前,她早已洞悉,只是因父不甚憐愛,所以沒有出手救父。所以〈聶隱娘〉主題是:士為知己服務。

〈聶隱娘〉中魏帥的惡行,只因與劉昌裔不和,就要求聶隱娘賊其首。在聶隱娘殺劉昌裔未遂時,魏帥又派精精兒、空空兒殺劉昌裔。幸好有聶隱娘幫他解決困難(殺手)。聶隱娘並非見風轉舵,而是善於觀察,所以擇木而棲。舍魏帥而就劉昌裔,是因為:劉昌裔左右無人、服公神明、魏帥不及劉等原因。待聶隱娘為劉昌裔除患後,劉昌裔轉厚禮之。此舉必然也讓聶隱娘感動,所以才會有至京師柩前慟哭

的行為。後來沒有人再見過聶隱娘。

3.〈陳鸞鳳〉

〈陳鸞鳳〉的主要內容為：海康縣有間雷公廟，人們祭祀地很虔誠。當時海康有旱災，人們祝禱都沒有回應。陳鸞鳳生氣地吃習俗不准和在一起吃的東西，突然間發生響雷急雨要震他，他用刀朝天空揮舞，打斷雷的左大腿，雷長得像熊又像豬。他很快地跑回家，要大家一起去看。原本還要拿刀再砍雷的脖子，吃它的肉，但是被觀看的群眾制止。雖然因為響雷急雨的緣故，讓乾涸的苗重新活起來，但他還是被大家斥責，而且不讓他回家。他不得已到舅舅家，到了晚上，舅舅家被雷震，就有人來告訴他的舅舅早上發生的事，結果又被趕出去。他躲到寺廟，寺廟也被雷震。只好躲到洞穴裡，雷才不能震他。他三天後回家。從此以後，每當海康有旱災時，縣人就會聚集金錢給他，請他像之前那樣拿刀，吃習俗不准吃的食物。人們叫他做雨師。到了大和年間，刺史林緒問他這件事，他獻刀給林緒，林緒也送他很多報酬。

陳鸞鳳負氣義，不畏鬼神，是小說的引線。因負氣義，所以海康大旱時，陳鸞鳳調風俗忌物食之，持刀震雷，使雲雨滂沱，為鄉人解旱災。所以〈陳鸞鳳〉主題是替鄉人解旱。

〈陳鸞鳳〉中雷的惡行，是受了鄉人的祝禱，又讓海康大旱。幸好有陳鸞鳳替鄉人解決旱災難題。陳鸞鳳性格負氣義，不畏鬼神，鄉黨咸呼為後來周處。又因替鄉人解旱，所以俗號陳鸞鳳為雨師。陳鸞鳳後獻刀於刺史林緒，林緒厚酬其值。

4.〈馬拯〉

〈馬拯〉的主要內容為：馬拯和僕人來到衡山的某間佛室，佛室的老和尚看到他很高興，還建議他的僕人到附近市場買少許鹽酪，僕人拿著錢下山後，老和尚就隨即不見縱影。過了一會兒，有馬沼山人來，對他說起遇到老虎吃人的事，還說老虎吃完人後，就脫掉虎皮變成老和尚。等他看到老和尚，告訴老和尚這件事，卻被斥責。當晚，他和山人緊閉門窗，聽到庭中有老虎生氣地用頭撞門。他們兩人害怕地燒香，並對土偶實頭盧叩頭，土偶吟詩暗示殺老虎的方法。到了早上，他們依土偶暗示：把老和尚推入井裡，老和尚馬上變為老虎，他們就用大石頭來壓住老虎。他們依土偶暗示：拿銀器下山時，遇到獵人牛進，想起土偶的暗示，就叫牛進張開弓箭，三人攀緣到棚上後，老虎怒吼而來，它前腳踩到機關，弓箭就貫穿它的心。到了早上，三個人平分銀器而回家。

馬拯好尋山水，是小說的引線。因為性沖淡，好尋山水，不擇嶮峭，盡能躋攀，所以某日於祝融峰，遇虎假冒為僧者，幸賴馬沼山人、牛進一起除害。故〈馬拯〉

主題是：替人除虎害。

〈馬拯〉中的僧者，原爲虎，脫虎皮假冒爲僧，除了馬拯之僕被吃外，還有三五十個，或僧或道，或丈夫，或婦女，歌吟者，戲舞者也被吃了。幸好有馬拯、馬沼山人與牛進一起替人除虎害。馬拯性冲淡，與馬沼山人、牛進一起除虎害，後與馬沼山人、牛進分銀皿而歸。

　5.〈鄧甲〉

〈鄧甲〉的主要內容爲：茅山道士峭巖教鄧甲蛇術。鄧甲到烏江時，遇到被毒蛇咬傷的宰，他召喚蛇來治療宰，宰就痊癒了。當時有個畢生死了，畢生兒子對父親生前宅子所養的蛇感到無奈，就請他幫忙驅蛇，他用符叫蛇飛到牆外，於是就能賣房子了。他後來到浮梁，浮梁的茶園常有蛇毒死人，縣人集合金帛拜託鄧甲去除蛇害。鄧甲設壇召喚蛇王，跟從蛇王的有幾萬條蛇，蛇王與他比較法術，後來蛇王跌倒變成水，其餘的蛇都死了。從此茶園不再出現毒蛇。他後來住在茅山學道，現在還在茅山。

茅山道士峭巖授鄧甲蛇術，是小說的引線。因爲鄧甲蛇術寰宇之內，惟一人而已。所以幫會稽宰除苦，又幫畢生子趕蛇，又除茗園之毒虺。故〈鄧甲〉主題是：替民除蛇害。

〈鄧甲〉中咬傷會稽宰蛇的惡行，是使毒害人。畢生子是因蛇有千條，對蛇感到無奈，所以請鄧甲趕蛇，蛇沒有惡行。在茗園之內的蛇，已使數十人死於非命。幸好有鄧甲替宰解決痛楚、替畢生子解決蛇過多的難題，又替人除蛇害。鄧甲性格是路見不平，拔刀相助。如當鄧甲至烏江時，遇會稽宰遭毒蛇螫足，鄧甲召蛇治之，宰無苦後，厚遺之金帛。當時幫助宰時，只是單純的幫助人，並沒有料想到宰事後遺金帛予之。後來鄧甲幫畢生之子趕蛇，又除茗園之毒虺，雖獲金帛，但在茗園之毒虺的經驗，促使他又居茅山學道。

　6.〈樊夫人〉

〈樊夫人〉的主要內容爲：劉綱和他的妻子樊夫人每次比賽法術，劉綱從來沒有贏過。他們夫婦某天一起昇天離開。後來在貞元年間，湘潭有個湘媼，常用丹篆寫字在鄉里替人治病。有次鄉里的逍遙遇到她，就跟從她。一個月後，她要到羅浮。等到她回家，看到逍遙的左腳斷了，她撿起逍遙的腳並察看膝蓋，對逍遙的腳噴口水，逍遙的腳就好了，從此鄉人尊敬她就像尊敬神一樣。她有天告訴鄉人，要去洞庭湖救人，鄉裏人張拱，就準備船送她。原來在他們來到洞庭湖的前一天，有一條大船沈沒，船上的一百多人各自分散在島上，忽然有一隻白色鱷魚遊到沙灘上，幾

十個人就打死鱷魚分食它的肉，第二天，有白色的城圍繞在島上，這座城漸漸變窄，人們的囊橐都變成粉末，還拘束人們變成一簇一簇。當時湘媼她的船已經開到岸上，她登上島拿劍刺城，白城就崩塌了，原來是一隻白色的大鱷魚，身體彎曲死了，救了一百多人，島上之人都哭泣地感謝她，她命令張拱把船開回湘潭。這時有道士遇到她，並提起樊夫人之名字，人們才知她就是樊夫人。後來她和逍遙一起昇天。

　　樊夫人之道術，是小說的引線。因爲樊夫人有道術，所以才能與其夫劉綱之術一較高下，救疾於閭裏，治癒逍遙左足，又救洞庭百餘人性命。所以〈樊夫人〉主題是：拯救人命。

　　樊夫人以丹篆文字，救疾於閭裏。〈樊夫人〉中白黿的惡行，是把拘束島上人使成爲盤中飧，並已將島上人的囊橐束爲虀粉，幸好有樊夫人替人除黿害、又拯救人民性命。樊夫人性格是很低調的，如：劉綱常與樊夫人較其術，每次都是劉綱先出招，樊夫人才反擊，她從不會主動出擊。貞元時，以湘媼之名，常救疾於閭裏，鄉人爲結構華屋數間而奉之，她說：「不然，但上木其宅，是所願也」。在治癒逍遙左足後，鄉人相率數百里皆歸之。但她貌甚閑暇，不喜人之多相識。在洞庭救百餘人性命後，有道士呼湘媼爲樊姑，後人方知湘媼爲樊夫人。後與逍遙一時返眞。

　　磨勒行俠對象爲紅銷；聶隱娘行俠對象爲劉昌裔；陳鸞鳳行俠對象爲鄉人；馬拯、馬沼山人與牛進行俠對象爲虎所害的人；鄧甲行俠對象爲宰、畢生子；樊夫人行俠對象爲閭里人、洞庭百餘人。

　　俠客行俠是因爲某些人有惡行，其惡行有：一品強逼良女爲妓（〈崑崙奴〉）；魏帥因與人不和，就要賊其首（〈聶隱娘〉）；雷受了鄉人的祝禱，又讓海康大旱（〈陳鸞鳳〉）；虎吃馬拯之僕與三五十個人（〈馬拯〉）；蛇使毒害人、茗園內的蛇，已使數十人死於非命（〈鄧甲〉）；白黿拘束島上人使成爲盤中飧（〈樊夫人〉）。

　　針對以上惡行，俠客採取的作法是：崑崙奴幫紅銷脫離一品家的牢籠；聶隱娘爲劉昌裔擊斃精精兒、擊退空空兒；陳鸞鳳以風俗所忌物相和啖之，又揮刀，雷左股中刀，後雲雨使涸苗皆立；馬拯、馬沼山人推僧墮井，又以巨石鎮之，下山時，遇獵人牛進，使牛進張其箭，虎箭貫心；鄧甲叱蛇收毒以治宰、後立壇召蛇王，蛇王與鄧甲較其術，後蛇王踣爲水；樊夫人以丹篆文字，救疾於閭裏、又登島攘劍刺黿。

（二）幫助動物

1. 〈蔣武〉

　　〈蔣武〉的主要內容爲：蔣武善於邊跑邊射箭。忽然有動物叩門，他隔著門偷

看，看到一隻猩猩坐在白象上，猩猩對他說，這座山附近有嵌空的山洞，洞穴裡有巴蛇長數百尺，象一經過那裡，全部都被吞噬，受害的有數百隻。現在知道您善於射箭，希望您能拿毒箭為象除患。他因為猩猩的話，帶著毒箭到那個洞穴，果然看見蛇的雙眼隱藏在山洞裡，它的光線可以照射數百步。猩猩說它是蛇眼。他生氣地邊跑邊射箭，一箭就射中蛇眼，象背著他奔跑走避。過了一會兒，蛇跳出洞穴，幾里的林木都像被火燒一樣。到了夜裡，蛇死了，在洞穴的旁邊，堆積的象骨頭和象牙像山那麼高，於是有十隻象捲起象牙跪著奉獻給他，他接受了，猩猩也告辭離開。他因此而富有。

蔣武善於邊跑邊射箭，是小說的引線。因為善於蹹張，每齎弓挾矢，遇熊羆虎豹，靡不應而斃，剖視其鏃，皆一一貫心，所以象請蔣武代為除蛇。故〈蔣武〉主題是：替象除害。

〈蔣武〉中巴蛇的惡行，是當象經過某穴時，幾乎全被巴蛇吞噬，遭者有數百，沒有地方可以躲避。幸好有蔣武替動物（象）除害。蔣武性格魁梧偉壯，膽氣豪勇，所以替象除害，而象也回報象牙，蔣武因此大有資產。

蔣武行俠是因為動物有惡行，其惡行是當象經過某穴時，幾乎全被巴蛇吞噬。針對以上惡行，蔣武採取的作法是：蹹張端矢，一發中蛇目。

主題為「俠義」類的《傳奇》，人物性格有：善於察言觀色、遇到問題時，又能積極解決、魁梧偉壯，膽氣豪勇、負氣義，不畏鬼神、性沖淡、路見不平，拔刀相助、低調，這些就是替人解決難題、替人除害、拯救人民性命、替動物除害的俠客所具備的性格。

人物在行俠後，並不會因此而危害到自己的生命，所以有的人物除害後有資產的，如：蔣武、陳鸞鳳、馬拯與馬沼山人、牛進等人；有的容顏如舊，如崑崙奴、聶隱娘；有的又繼續增進自己的武術，如鄧甲；有的則返回仙境，如：樊夫人。

四、報恩類

「報恩」類定義為：小說以描述報恩的故事為主。

（一）〈崔煒〉

〈崔煒〉的主要內容為：中元時，崔煒去看百戲，看到有個向人乞討的老嫗，因為跌倒打翻別人的酒甕而被毆打，他就脫掉衣服賠償商家的損失，老嫗回贈他艾當作感謝。幾天後，他遊海光寺，遇到耳朵上有疣的老和尚，他拿出艾來試用看看，疣就痊癒了，老和尚建議他為任翁治療，一定會有豐厚的報酬。崔煒拿出艾，就治好了任翁，任翁留他在家裡住準備好好答謝他。但隨即任翁就忘恩負義，準備殺他

來當祭品，還好任翁的女兒幫助他脫逃。在脫逃過程中，他因爲迷路、摔倒而墜入枯井，井中有蛇，蛇唇也有疣，一直等到有火了，他才燃艾治療蛇，蛇感激他而帶他到一個房子，那裡有四個侍女高興地迎接他，侍女們提及他的祖先崔侍御曾經寫詩感悟徐紳，使徐紳重新粉飾越王殿臺，所以代替皇帝贈他寶陽燧珠，並告訴他中元時必須準備美酒佳餚，他才留艾離開，回到廣州。後來他到波斯賣珍珠，才知道自己已從皇帝趙佗墓中回來。到了中元時，四個侍女陪伴田夫人來，他與田夫人結婚。往後十幾年，他一心一意專注在道教，全家還搬到羅浮去尋訪鮑姑，後來就不知道他去哪裡了。

崔煒助老嫗，與崔侍御詩感悟徐紳，是小說的兩個引線。崔煒助老嫗，老嫗回報艾；崔煒助老僧，老僧回報任翁也需要治療的情報；崔煒助任翁，任翁回報他一個背叛；但是也因背叛遇到她（玉京子），崔煒助她，她的回報，是帶他到達南越王趙佗墓，這是小說的第一個引線。因前人寫詩感悟徐紳，使越王殿臺得以重新粉飾，趙佗回報崔煒明珠與美婦，這是小說的第二個引線。因爲崔煒助人，及其先人詩感悟徐紳的緣故，使崔煒最後得到明珠與美婦。故〈崔煒〉主題是人報恩。

崔煒的善行是助老嫗免於挨打，所以老嫗的報恩是間接帶他到趙佗墓。崔侍御的善行是寫詩感悟徐紳，使越王臺得以重新粉飾，所以趙佗回報他的後代崔煒：大食國的寶陽燧珠和田夫人。

（二）〈金剛仙〉

〈金剛仙〉的主要內容爲：金剛仙善長搖動錫杖，並對物品念咒語，物品都會回應。有一天，李朴看到蜘蛛與毒蛇在打鬥，毒蛇死了。李朴告訴他這件事，兩個人一起去看，他對蜘蛛念咒語，蜘蛛出現，他用錫杖觸碰蜘蛛，蜘蛛就死了。到了晚上，他夢到蜘蛛化作老人贈他布帛，他把布帛裁製成衣服來穿，衣服不曾沾染塵垢。往後幾年，他去番禺，對峽山金鑼潭旁邊的水念咒語，水底有泥鰍魚跳入澡瓶，他告訴其他和尚，準備把龍用藥煮成膏。當晚，有老龍化作穿白衣的老人拿著酒和黃金，叫傳經毒死他，傳經答應了。當他正要喝酒時，忽然跳出一個青衣小兒用手覆蓋杯子救他，小兒原來是以前的蜘蛛，現在已變成人，知道他遇難，所以靈魂飛來救他。其他和尚要求他放棄將龍子煮成膏的念頭，他就放了龍子，後來他搭船回天竺。

金剛仙能搖錫、咒物，是小說的引線。因爲能搖錫咒物，所以使蜘蛛脫離惡業；又因爲搖錫大呼而咒水，所以捕到龍子，卻也因此讓龍王想辦法要毒殺他，幸好蜘蛛在緊要關頭出現救了他。在金剛仙與李朴查看蜘蛛洞穴時，金剛仙雖然用錫碰蜘

蛛，使蜘蛛死亡，但當晚就有蜘蛛化成老人送金剛仙布帛，並說：「我即蛛也，復能織耳。」所以可見蜘蛛實際上並沒有死亡。後來蜘蛛救金剛仙時，是以小兒面貌現身，並說：「吾昔日之蛛也。今已離其惡業，而託生爲人七稔矣。吾之魂稍靈於常人，知師有難，故飛魂奉救。」故〈金剛仙〉主題是蜘蛛報恩。

金剛仙偶然行善是用錫碰蜘蛛，間接使蜘蛛脫離惡業，所以蜘蛛的報恩是阻止龍王藉傳經之手殺金剛仙。

（三）〈姚坤〉

〈姚坤〉的主要內容爲：姚坤常常買狐狸、兔子來放生，救活的有幾百隻。他知道惠沼和尙行事凶殘，常鑿井投入黃精，叫人試著服用。有次惠沼把他灌醉，還把他丟入井裡，他沒有辦法跳出來，幾天後晚上，有狐化作人教他從井中的小孔飛出去，他照著做一個月，果然跳出井中。惠沼非常驚訝，十分禮遇地問他脫身之法。他騙惠沼是吃黃精的緣故，惠沼跟著做一個多月，就死了。他回家後十天，有個自稱夭桃的女子希望能和他結婚，他答應了。後來他帶夭桃進京趕考，到了盤豆館，突然有犬入館，看到夭桃生氣地向前衝，夭桃也化爲狐狸跳上犬背，他跟隨犬和狐狸的腳步追逐幾里，犬已經死了，狐狸則不見蹤影。他惆悵傷感無法趕路，到了晚上，有狐狸化做老人帶了酒來看他，老人喝完還說，報答您已足夠，我的孫女很好，就不見了。他才領悟是狐狸報恩，後來就沒有狐狸的消息了。

姚坤常買狐兔來放生，是小說的引線。因爲救活的狐兔有很多，所以當他被僧惠沼投入井中時，就有狐狸指點他脫困；回家後又有美女夭桃願結爲夫婦；等到他帶夭桃入京，遇犬攻擊夭桃，才知道夭桃原爲狐狸，夜裡，有老人帶著酒來見他，喝完酒說：「報君亦足矣，吾孫亦無恙」。姚坤才知道是狐狸。所以〈姚坤〉主題是狐狸報恩。

姚坤的善行是常買狐兔來放生，所以得到狐狸的指點脫離井中，與美女自薦枕席的報恩。

《傳奇》主題是「報恩」類的故事中，報恩之因爲：老嫗、趙佗會報恩，是因爲他們得到崔煒、崔侍御的幫助，所以老嫗回報艾，以間接帶他到趙佗墓，進一步接受趙佗的報恩。蜘蛛、狐狸會報恩是因爲牠們得到金剛仙、姚坤的幫助，所以在金剛仙、姚坤需要幫忙時，牠們就主動現身報恩。

崔煒的具體善行是幫助老嫗；崔侍御的具體善行是寫詩感悟徐紳；金剛仙的具體善行是用錫碰蜘蛛；姚坤的具體善行是常買狐兔來放生。

老嫗的報恩是贈艾給崔煒；趙佗的報恩是贈崔煒明珠與美婦；蜘蛛的報恩是救

金剛仙之性命；狐狸的報恩是指點姚坤脫困，還有美女自薦枕席。

五、其他類

（一）〈審雨〉

　　〈審雨〉的主要內容為：審雨在南山莊園吟詩時，正好斑特、斑寅來訪。斑寅看到牀上的棋盤，就和斑特一起下棋，下了很久都沒有勝負，審雨教斑特一兩步，又請他們喝酒、吃肉乾，酒過數巡，斑特、斑寅開始起爭執，他拿刀生氣地叫他們只管喝酒，不能吵架。他們兩人看到刀都很害怕。後來三人各吟一首詩，他稱讚斑特為奇才，卻引起斑寅的憤怒，斑寅作揖後就離去，斑特也很生氣地告辭離開。到了早上，他看到門外只有虎、牛的蹤跡而已。他這才領悟過來，後來就不住在這裡而回到京城居住。

　　審雨在庭際吟詠，是小說的引線。因為吟詠，所以斑特、斑寅陸續來訪，來訪後，先後談論斑特之業、斑姓由來，斑特、斑寅玩棋、飲酒後有爭執，經審雨持刀威脅後才停止。後來三人吟詩，審雨稱許斑特為奇才。因為小說在陳述斑特之業、斑姓由來，及兩人飲酒後的爭執、三人吟詩時，引用許多典故，審雨詩中又有：「虎尾」、「牛刀」之詞，正好暗示斑寅、斑特身份為虎、牛。所以〈審雨〉主題是作者在賣弄才學。

（二）〈孫恪〉

　　〈孫恪〉的主要內容為：孫恪因為落榜在洛陽玩，看到袁氏的宅第，就提起想租屋的事，袁氏答應了。他還沒有結婚，看見袁氏容貌漂亮，就和她結婚。婚後他每天飲酒也不求取功名，這樣經過了三四年。某天遇到表哥說袁氏是妖怪，他就拿劍要殺袁氏，但是後來被袁氏發覺，不但把他臭罵了一頓，還把表哥送他用來除妖的劍折斷，表哥因此非常害怕不敢來拜訪。之後十幾年，袁氏已經生了二個孩子，他也被推薦到南康做經略判官，準備全家一起搬到那裡。到了端州，袁氏要求去附近的峽山寺見舊有門徒，他答應了。到了峽山寺，袁氏將碧玉環獻給和尚，還說玉環是寺的所有物。吃完齋飯，有野猿在土臺上玩樂，袁氏顯得悲傷，於是在寺的牆壁上題詩，寫完後丟掉筆，安撫二個孩子，獨自哭泣，還告訴他將永訣，接著撕裂衣服化做老猿，追逐野猿而離開，快要到深山前還回頭看。他又驚訝又害怕，詢問老僧，才知道猿是老僧為沙彌時所養的，開元時高力士經過這裡，把猿獻給天子，安史之亂後，即不知道猿的下落，玉環原本在猿的脖子上。他因為惆悵不能到南康就任。

　　孫恪因下第遊於洛中，是小說的引線。因遊於洛中，才能與袁氏相遇。在他們相遇之先，袁氏就吟詩表達自己嚮往青山與白雲的心意。孫恪雖納袁氏為室，又鞠育二子，然袁氏每遇青松高山，凝睇久之，若有不快意。等到到峽山寺，袁氏歸還碧玉環時，其實就已經下了某種將離開程度的決心，又見野猿數十，連臂下於高松，而食於生臺上，後悲嘯捫蘿而躍，袁氏惻然。吟詩表達自己將歸山的心願，撫二子咽泣數聲，並告訴孫恪，即將永訣的決定，遂裂衣化為老猿，追嘯者躍樹而去，將抵深山而復返視。袁氏的這些作為，可以看出她一直處在歸於本性與理性生活的兩難，兩難一直在拔河，等到見到同伴們無憂無慮的生活著，本性才終於戰勝了理性，所以她選擇離開，這就符合她不違背自己本性的作法。所以〈孫恪〉主題即不違本性。

（三）〈周邯〉

　　〈周邯〉的主要內容為：周邯遇到夷人賣奴隸，就買了善長入水的水精。每次在江邊停船，他都命令水精沈入水中，也因為從水中撿到金銀器皿而富有。後來幾年，他的朋友王澤治理相州，他剛好到河北就順道拜訪，到了相州北邊的八角井，王澤說這井裡應該有寶物，他叫水精潛入觀察，過了很久水精才出現，還告訴他有黃龍抱著幾顆明珠熟睡，想偷明珠但苦於無劍。王澤借劍給水精，水精又沈入井裡，突然看到水精從井裡跳出來，後面有隻金手捉拿水精入井。他為水精悲傷，王澤痛恨失去寶劍。後來土地神現身指責王澤，必須緊急悔過和祝禱，不要使龍發怒。王澤就準備牲畜祭祀。

　　周邯買水精，是小說的引線。因買水精而至富贍，後訪友人王澤，王澤提起八角井應有至寶，水精潛水探其究，良久出語周邯曰：「有龍抱明珠熟痲，欲刼之，但手無刃；若得一利劍，如龍覺，當斬之無憚。」王澤慷慨借劍。然水精卻被龍拏攫入井。逡巡有土地之神責王澤曰：「此金龍是上玄使者。豈有信一微物，欲因睡而刼之？龍忽震怒，作用神化，君之骨肉焉可保？子不效鍾離、孟嘗，乃肆其貪婪之心，縱使猾勒之徒，取寶無憚，今已唅其軀而鍛其珠矣。」因為周邯貪心，所以失去水精；因為王澤貪心，所以失去寶劍。兩個人物，都是因為肆其貪婪之心，所以發生一連貫的事故。故〈周邯〉主題即在譴責貪心之人。值得一提的是，此篇小說中最無辜的人就是水精，因為他聽從主人下水的命令，所以失去生命。

　　《傳奇》中的主題，有「命定」、「仙道」、「俠義」、「報恩」四大類及「其他」類。從「命定」十一篇、「仙道」七篇、「俠義」七篇，三類就佔了全數超過八成的篇章來看，裴鉶篤信道教，甚至於相信命中就已經註定好是否會得道、成仙，所以

無論人為後天的努力為何，都無法改變命定的結果。裴鉶寫「俠義」類主題，推論是因身處晚唐藩鎮割據的亂世，上至節度使，下至平民百姓、動物，都極需俠士伸出援手所導致。至於寫「報恩」類主題，〈崔煒〉的鮑姑、趙佗都是道家人物；〈姚坤〉的人物是間接指責僧侶，只有〈金剛仙〉是以僧侶為主要人物，故推論是早期涉略道教未深時所作，文中做有益的事之後，都能得到回報，此符合佛教概念。

　　侯忠義說《傳奇》大部分反映知識分子的苦悶和出世思想〔註30〕，這並不公允的。因為侯忠義心中有「晚唐知識分子苦悶」的成見，並舉〈裴航〉之例來說明。晚唐社會知識分子或許有苦悶的，但在《傳奇》卻不見此種情況。因為小說中的人物對追求的事物，多數都很積極。如：紅綃、袁氏追求自由；周邯、王澤追求財富；江叟、陶尹二公、裴航、元柳二公……等人追求成仙得道，這些人物追求並努力達成人生目標，所以在他們身上看到的是積極的態度，而沒有侯忠義反映「知識分子苦悶」這種消極的想法，所以侯忠義的說法並不公允。

〔註30〕侯忠義，《中國文言小說史稿》：「《傳奇》，……，反映了動亂時代的知識分子的苦悶和逃避現實的出世思想。」，同註7，頁276至278。

第三章　《傳奇》詩中的主題思想

　　裴鉶安排人物吟詠詩歌，其主題為何？是否和《傳奇》中的主題思想相同？抑或只是炫耀詩才罷了？故本章欲對《傳奇》中詩歌的主題思想做一探討，以呈現《傳奇》詩歌對《傳奇》小說的影響。

第一節　憂愁寒冷類

　　吟詩人物所要表達的主題，是對某事物感到憂傷、憂愁、感嘆、心寒等，即為「憂愁寒冷」類。篇章有〈蕭曠〉中（以下詩名均用《全唐詩》詩名，若《全唐詩》記載不詳，則以詩的首句當詩名）〈與蕭曠冥會詩〉（甄后留別蕭曠、織綃女詩）；〈盧涵〉中〈明器婢詩〉；〈陶尹二君〉中〈吟〉（毛女）；〈曾季衡〉中〈與曾季衡冥會詩〉二首；〈趙合〉中〈五原夜吟〉；〈崔煒〉中〈題越王臺〉；〈鄭德璘〉中〈與鄭德璘奇遇詩〉（德璘弔韋氏）二首；〈顏濬〉中〈與顏濬冥會詩〉（幼芳賦）；〈張雲容〉中〈與薛昭合婚詩〉（鳳臺、蘭翹歌送薛昭雲容酒）；〈姚坤〉中〈夭桃詩〉，共十篇十四首詩。

一、〈蕭曠〉中〈與蕭曠冥會詩〉（甄后留別蕭曠、織綃女詩）

　　洛浦神女、織綃娘子與蕭曠傳觴敘語。雞鳴時，神女、織綃各自留詩，蕭曠也答二女詩，神女、織綃詩分別為：

> 忽聞雞鳴，神女乃留詩曰：「玉筋凝腮憶魏宮，朱絲一弄洗清風。明朝追賞應愁寂，沙渚烟銷翠羽空。」織綃詩曰：「織綃泉底少歡娛，更勸蕭郎盡酒壺。愁見玉琴彈別鶴，又將清淚滴珍珠。」〔註1〕

〔註1〕　（宋）李昉等奉敕撰，《太平廣記・蕭曠》，第七冊，卷三百十一，臺北：新興書局，民國 47 年 4 月初版，頁 2291。

〈蕭曠〉中〈與蕭曠冥會詩〉的洛浦神女詩有歡樂即將結束,迎接明天的又是愁寂之意。織綃娘子詩有悲其離別後,不能再相見之意。因為洛浦神女、織綃娘子吟詩是敘述自己哀愁、憂傷的心境,所要表達的主題是哀愁、憂傷,故為「憂愁寒冷」類。

〈蕭曠〉的主題在「仙道類」,主題是解釋一般世人對仙界的疑問。〈與蕭曠冥會詩〉(甄后留別蕭曠、織綃女詩)主題是敘述自己哀愁、憂傷的心境,而且從詩裡看不出有仙道,所以故事與詩的主題不同。

二、〈盧涵〉中〈明器婢詩〉

盧涵因憩馬遇耿將軍守塋青衣,青衣招待盧涵酒,兩人飲酒極歡。青衣擊席謳歌,送盧涵酒時,詩曰:

> 青衣遂擊席而謳,送盧生酒曰:「獨持巾櫛掩玄關,小帳無人燭影殘。昔
> 日羅衣今化盡,白楊風起隴頭寒。」涵惡其詞之不稱,但不曉其理。〔註2〕

〈盧涵〉中〈明器婢詩〉描述的是青衣心境。白楊風原本是春天很和煦的風,但竟會「寒」,表面原因是因為她現在已沒有「羅衣」可穿,但也可解釋成:因為「獨持巾櫛掩玄關」、「小帳無人燭影殘」的心態導致「寒」。是物質也是心理的寒。所以青衣吟詩所要表達的主題是心寒,故為「憂愁寒冷」類。

〈盧涵〉的主題是「命定」,〈明器婢詩〉主題是心寒,雖然乍看之下主題不同,但若從〈盧涵〉的故事發展來看,青衣知道今晚必須留下盧涵,否則明日就會有災禍,所以故意用「寒」來描述其心境,目的是要盧涵知道她內心的寒,才能放心多喝酒,達到她留住盧涵、避免災禍的用意,這樣〈盧涵〉的命定主題就與〈明器婢詩〉的心寒主題相關。

三、〈陶尹二君〉中〈吟〉(毛女)

古丈夫與毛女教陶尹二君食木實法,以得神仙之道,將離去前,古丈夫吟詩,毛女也和詩,毛女的和詩如下:

> 毛女繼和曰:「誰知古是與今非,閒躡青霞遠翠微,簫管秦樓應寂寂,綵
> 雲空惹薜蘿衣。」〔註3〕

毛女詩意為:誰能知道古是與今非,閒暇時看看青霞與翠微,以前彈奏簫管的秦樓現在早已沈寂,只有綵雲依舊。毛女詩感嘆人事全非。毛女詩因為感嘆人事全非,所要表達的主題即為感嘆,故為「憂愁寒冷」類。

〔註2〕 (宋)李昉等奉敕撰,《太平廣記‧盧涵》,同註1,第八冊,卷三百七十二,頁2740。
〔註3〕 (宋)李昉等奉敕撰,《太平廣記‧陶尹二君》,同註1,第一冊,卷四十,頁272。

〈陶尹二君〉的主題在「仙道類」，主題是陶尹二君偶然遇古丈夫、毛女而得道；毛女〈吟〉的主題是感嘆，而且從詩裡看不出與「仙道」主題相關，所以故事與詩的主題不同。

四、〈曾季衡〉中〈與曾季衡冥會詩〉

曾季衡居防禦使宅，以前王使君女麗眞不疾而終於此宅。後王麗眞與曾季衡款會，曾季衡洩露此事，導致王麗眞必須離開。臨走前，兩人互相贈詩：

> （王麗眞）乃留詩曰：「五原分袂眞吳越，燕折鶯離芳草竭。年少煙花處處春，北邙空恨清秋月。」季衡不能詩，恥無以酬，乃強爲一篇曰：「莎草青青鴳欲歸，玉腮珠淚洒臨歧。雲鬟飄去香風盡，愁見鶯啼紅樹枝。」

〔註4〕

〈曾季衡〉中〈與曾季衡冥會詩〉（麗眞留別）詩意爲：五原分開了吳與越，燕子、鶯鳥也都分離。我以前年少時怎麼看天下都是美好的，現在在北邙山卻恨透天下事。季衡酬別詩意爲：江草變青綠色時雁鳥南歸，你的難過連臨歧也流眼淚。你的離去帶走香風，使我見到鶯啼就想到你而愁苦。麗眞留別所要表達的主題，是對自己不疾而終有無限憤恨。季衡酬別所要表達的主題，是對自己洩露約定感到後悔。兩首所要表達的主題，因爲有憤恨、後悔的情緒，所以爲「憂愁寒冷」類。

〈曾季衡〉的主題是「命定類」；〈與曾季衡冥會詩〉的主題是對自己不疾而終有無限憤恨、對自己洩露約定感到後悔，雖然主題不同，但麗眞留別詩意就已透露對命定的無奈，因爲詩裡提到「五原分袂眞吳越」、「燕折」、「鶯離」，因爲五原已經分開了吳與越，燕子、鶯鳥也都分離，暗指兩人分手也是必然之事，再者，小說提到她與曾季衡相遇時，就告訴曾季衡不能泄露兩人見面之事，這是因爲她早知曾季衡將負約，但還是事先要求他勿泄言，她無法改變既定事實，所以才在詩裡透露對命定的無奈，故麗眞留別的主題與〈曾季衡〉的主題相關。而從季衡酬別主題，看不出與「命定」主題相關，所以故事與詩的主題不同。

五、〈趙合〉中〈五原夜吟〉

趙合遊五原，途經沙磧，覩物悲歡，醉寢於沙磧中。宵半醒，忽聞李氏吟詩，其詩爲：

> （趙合）聞沙中有女子（李氏）悲吟曰：「雲鬟消盡轉蓬稀，埋骨窮荒無

〔註4〕 （宋）李昉等奉敕撰，《太平廣記‧曾季衡》，同註1，第七冊，卷三百四十七，頁2544。

所依。牧馬不嘶沙月白，孤魂空逐鴈南飛。」合遂起而訪焉。〔註5〕

李氏〈五原夜吟〉詩意為：一年又一年的過去了，當年被埋在路邊的我無所依靠。
牧馬不嘶叫，月亮把沙照成白色，我的魂魄只能空追雁往南飛回家。李氏詩的創作
背景，當為唐人死後身邊無依無靠，又非葬在家鄉，只是被路人草草埋在路邊，魂
魄強烈想歸回故鄉的心願。李氏詩的主題，是因為憂傷不能葬在家鄉，所以表達即
使死後仍想歸回故鄉的心願，因為表現憂傷的情緒，故為「憂愁寒冷」類。

〈趙合〉的主題在「仙道類」，主題是趙合因助人而後得道；〈五原夜吟〉的主
題是表達心願，雖然主題不同，但因為李氏吟詩被趙合聽見，趙合幫助李氏達成心
願，所以李氏指點趙合，讓趙合可以得道，因為〈五原夜吟〉感動趙合，所以讓最
後趙合可以得道，所以可說〈五原夜吟〉主題和〈趙合〉主題有因果關係。

六、〈崔煒〉中〈題越王臺〉

崔煒返回廣州，登越王殿臺，見先人之詩。崔煒先人之詩如下：

> 登越王殿臺，覩先人詩云：「越井岡頭松柏老，越王臺上生秋草。古墓多
> 年無子孫，野人踏踐成官道。」〔註6〕

〈崔煒〉中崔侍御的〈題越王臺〉詩意為：越井岡頭的松樹柏樹年紀已大，越王殿
臺也長了很久的草，此墓沒有子孫來掃墓，所以任由人踐踏成路。崔侍御〈題越王
臺〉詩所要表達的主題，是對越王墓的現況充滿感傷，因為對某事物有感傷的情緒，
故為「憂愁寒冷」類。

〈崔煒〉的主題是「報恩」；〈題越王臺〉的主題是對越王墓的現況充滿感傷，
雖然主題不同，但因為崔侍御吟詩，感念徐紳打掃越王臺，所以南越王趙佗對崔侍
御的後人（崔煒）報恩。因為〈題越王臺〉感念徐紳，所以最後讓崔煒可以得到南
越王回報明珠與美婦的恩惠，所以可說〈題越王墓〉主題和〈崔煒〉主題有因果關
係。

七、〈鄭德璘〉中〈與鄭德璘奇遇詩〉（德璘弔韋氏）

當漁者告訴鄭德璘：韋氏舟已沒於洞庭，鄭德璘大駭，為韋氏寫弔江姝詩二首。
鄭德璘表達哀悼的詩如下：

> （鄭德璘）為弔江姝詩二首曰：「湖面狂風且莫吹，浪花初綻月光微。沉
> 潛暗想橫波淚，得共鮫人相對垂。」又曰：「洞庭風軟荻花秋，新沒青蛾

〔註5〕　（宋）李昉等奉敕撰，《太平廣記·趙合》，同註1，第七冊，卷三百四十七，頁2544。
〔註6〕　（宋）李昉等奉敕撰，《太平廣記·崔煒》，同註1，第一冊，卷三十四，頁239。

細浪愁。淚滴白蘋君不見，月明江上有輕鷗。」詩成，酹而投之。〔註7〕

〈鄭德璘〉中〈與鄭德璘奇遇詩〉（德璘弔韋氏（「湖面狂風且莫吹」詩））詩意爲：湖面的風請暫且莫吹，此時浪花初打月光稀微，暗想我們的舟曾同宿，現在只能和鮫人相對垂淚。其詩主題對愛慕的逝世表達無限悲惋。〈與鄭德璘奇遇詩〉（德璘弔韋氏（「洞庭風軟荻花秋」詩））詩意爲：洞庭湖的風讓蘆葦花彎腰，細浪把你淹沒。我的難過你再也看不見，只剩江邊鷗鳥的叫聲。其詩主題對心愛者的逝世表達自己的落莫。兩首詩都有感傷生命輕易流逝的意味。從內容來看，鄭德璘的弔江姝詩屬於哭挽詩，因爲鄭德璘與韋氏並非夫妻，兩人的淵源只是舟曾同宿兩晚，互相見過一次面，故詩屬於是對一切死者而作的哭挽詩。因爲鄭德璘吟〈與鄭德璘奇遇詩〉（德璘弔韋氏）的主題，是表達悲惋、落莫的情緒，故爲「憂愁寒冷」類。

〈鄭德璘〉的主題是「命定」；〈與鄭德璘奇遇詩〉（德璘弔韋氏）的主題，是悲惋、落莫，雖然主題不同，但因爲鄭德璘吟此兩首詩後感動水府君，水府君才把韋氏送還給鄭德璘。這個水府君其實就是常幫鄭德璘棹舟的老叟，老叟多次喝鄭德璘的「松醪春」都沒有回報，在韋氏遇難後，得知韋氏是鄭德璘愛慕之人，就將韋氏送還給鄭德璘。因爲老叟當時沒有回報，是因爲知道以後將回報妻室給鄭德璘，所以鄭德璘的〈與鄭德璘奇遇詩〉（德璘弔韋氏）與故事發展相關，故詩主題與〈鄭德璘〉的命定主題相關。

八、〈顏濬〉中〈與顏濬冥會詩〉（幼芳賦）

顏濬受趙幼芳之邀，中元日至瓦官閣，進而認識張貴妃、孔貴嬪、江脩容、何婕妤、袁昭儀等陳朝宮人，美人們分別敘述各自的遭遇，後孔貴嬪命雙鬟持樂器、飲酒，張貴妃作詩，孔貴嬪、趙幼芳、顏濬繼和之。其中趙幼芳的詩如下：

（趙）幼芳曰：「皓魄初圓恨翠娥，繁華濃豔竟如何？兩朝唯有長江水。

依舊行人逝作波。」〔註8〕

〈顏濬〉中〈與顏濬冥會詩〉，趙幼芳詩意爲：翠娥恨月亮初圓時，曾經有過的繁華與美艷現已無縱。南朝唯有長江依舊在門前奔流。其詩在懷念南朝。因爲趙幼芳吟詩的主題是表達懷念南朝的情緒，故爲「憂愁寒冷」類。

〈顏濬〉的主題是「命定」，〈與顏濬冥會詩〉（幼芳賦）的主題是懷念南朝，而

〔註7〕　（宋）李昉等奉敕撰，《太平廣記‧鄭德璘》，同註1，第三冊，卷一百五十二，頁1058。

〔註8〕　李昉等編，《太平廣記‧顏濬》，北京：中華書局，2003年6月北京第七次印刷，第七冊，卷三百五十，頁2772。

且從詩裡看不出與命定主題相關的線索，故詩與故事的主題不同。

九、〈張雲容〉中〈與薛昭合婚詩〉（鳳臺、蘭翹歌送薛昭雲容酒）

薛昭脫人之禍，在逃逸過程中遇田山叟指點其路，過蘭昌宮，遇到三女，四人喝酒，在即將告別前，三女之蕭鳳臺擊席而歌，劉蘭翹、張雲容與薛昭繼和之。其中蕭鳳臺、劉蘭翹的詩如下：

> 鳳臺請擊席而歌，送昭、容酒，歌曰：「臉花不綻幾含幽，今夕陽春獨換
> 秋。我守孤燈無白日，寒雲嶺上更添愁。」蘭翹和曰：「幽谷啼鶯整羽翰，
> 犀沉玉冷自長歎。月華不忍扃泉戶，露滴松枝一夜寒。」〔註9〕

〈張雲容〉中〈與薛昭合婚詩〉（鳳臺歌送薛昭雲容酒）詩意為：我的面容常像花不綻開的憂鬱貌，每天看到的都是秋天蕭瑟的景象。我一個人暗無天日的守著孤燈，寒雲嶺上更增添我的愁苦。〈與薛昭合婚詩〉（蘭翹歌送薛昭雲容酒）詩意為：幽谷鶯鳥啼聲響滿羽翰，只有我長歎犀沉玉冷，月亮不忍將泉戶關閉，結果滴到松枝使它們整夜寒冷。兩首詩所要表達的主題，是對事物感到憂愁、心寒，故為「憂愁寒冷」類。

〈張雲容〉的主題是「命定」，〈與薛昭合婚詩〉（鳳臺、蘭翹歌送薛昭雲容酒）的主題，是對事物感到憂愁、心寒，而且從詩裡看不出與命定相關的線索，故詩與故事的主題不同。

十、〈姚坤〉中〈夭桃詩〉

姚坤應制，挈夭桃入京。夭桃抵達盤豆館後不樂，因為知道自己即將離開，而寫下此詩：

> 至盤豆館，夭桃不樂，取筆題竹簡，為詩一首曰：「鉛華久御向人間，欲
> 捨鉛華更慘顏，縱有青邱今夜月，無因重照舊雲鬟。」吟諷久之。坤亦矍
> 然。〔註10〕

〈姚坤〉夭桃詩夭桃詩意為：我在人間已經塗抹脂粉許久，如果捨棄脂粉的話面容將更慘然。縱使青邱有今天的月亮，也不能重照出以前的我。其詩對人間有百般不捨。夭桃隨姚坤應制至盤豆館，為詩後，犬恰入館，犬見夭桃怒而逐之。從詩作來論，夭桃早已預料此事的發生，所以才用「縱有」作詩的轉折。

〔註9〕 （宋）李昉等奉敕撰，《太平廣記・張雲容》，同註1，第二冊，卷六十九，頁451
至452。

〔註10〕 （宋）李昉等奉敕撰，《太平廣記・姚坤》，同註1，第十冊，卷四百五十四，頁3409。

〈姚坤〉的主題是「報恩」，〈夭桃詩〉的主題是對人間不捨，雖然主題不同，但夭桃吟詩是因爲對姚坤報恩已足夠，所以即將離開人間，才發表對人間不捨的詩，所以詩的主題與〈姚坤〉的主題相關。

「憂愁寒冷」類的十篇十四首詩中，詩與《傳奇》的主題思想不同的有：〈蕭曠〉中〈與蕭曠冥會詩〉（甄后留別蕭曠、織綃女詩）；〈陶尹二君〉中〈吟〉（毛女）；〈曾季衡〉中〈與曾季衡冥會詩〉（季衡酬別）；〈顏濬〉中〈與顏濬冥會詩〉（幼芳賦）；〈張雲容〉中〈與薛昭合婚詩〉（鳳臺、蘭翹歌送薛昭雲容酒）共七首詩。詩與《傳奇》的主題思想相關的有：〈盧涵〉中〈明器婢詩〉；〈曾季衡〉中〈與曾季衡冥會詩〉（麗眞留別）；〈鄭德璘〉中〈與鄭德璘奇遇詩〉（德璘弔韋氏）；〈姚坤〉中〈夭桃詩〉。詩與《傳奇》的主題思想有因果關係的有：〈趙合〉中〈五原夜吟〉；〈崔煒〉中〈題越王臺〉，故在「憂愁寒冷」類中，《傳奇》詩歌對《傳奇》主題、故事發展，有影響的只有一半。

第二節　賣弄才學類

有些詩的主題在賣弄學問，詩意毫無建樹，或純粹對某事物歌功頌德，放在小說裡是可有可無的詩，就是「賣弄才學」類。篇章有〈蕭曠〉中〈與蕭曠冥會詩〉（蕭曠答詩）；〈審茵〉中〈二斑與審茵賦詩〉三首；〈顏濬〉中〈與顏濬冥會詩〉（麗華賦、貴嬪賦、濬詩）；〈許棲巖〉中〈翫月詩〉四首；〈張雲容〉中〈與薛昭合婚詩〉（薛昭和），共五篇十二首詩。

一、〈蕭曠〉中〈與蕭曠冥會詩〉（蕭曠答詩）

洛浦神女、織綃娘子與蕭曠傳觴敘語。雞鳴時，神女、織綃各自留詩，蕭曠也答二女詩，蕭曠的詩爲：

> （蕭）曠答二女詩曰：「紅蘭吐豔間夭桃，自喜尋芳數已遭。珠珮鵲橋從此斷，遙天空恨碧雲高。」〔註11〕

蕭曠詩意有尋芳數遭，此次經驗最令人遺憾，因天人永隔無法再相見。因爲蕭曠詩是描述自己憤恨，無法與美女再相見的心境，所以其實毫無建樹，故主題是在賣弄學問，就是「賣弄才學」類。

〈蕭曠〉的主題在「仙道類」，主題是解釋一般世人對仙界的疑問；〈與蕭曠冥

〔註11〕　（宋）李昉等奉敕撰，《太平廣記・蕭曠》，同註1，第七冊，卷三百十一，頁2291。

會詩〉（蕭曠答詩）主題是在賣弄學問，而且從詩裡看不出有仙道的縱跡，所以故事與詩的主題不同。

二、〈審雨〉中〈二斑與審雨賦詩〉

斑特、斑寅醉酒後發生口角。審雨威脅欲取刀，二客悚然。後審雨請斑特、斑寅各作詩一章，由自己率先起頭：

> 各請試詩一章。雨曰：「曉讀雲水靜，夜吟山月高。焉能履虎尾，豈用學牛刀。」寅繼之曰：「但得居林嘯，焉能當路蹲。渡河何所適，終是怯劉琨。」特曰：「無非悲審戚，終是怯庖丁。若遇翁（龔）為守，蹄涔向北溟。」〔註12〕

審雨賦為自謙之意。斑寅賦則希望自己能有一片空林可以叫嘯。斑特賦的「審戚」為善相牛者，最害怕「庖丁」解牛。如果能有像龔遂那樣的太守，他會飛奔而去。其詩希望自己能為閭里做事。審雨詩用了「虎尾」、「牛刀」，二斑詩提到「劉琨」、「審戚」、「庖丁」、「龔遂」等人物，正好巧妙地暗示二斑身份實為虎、牛，三人雖在詩作裡分別表達自己的理想，與自己害怕的人物，但事實上卻在賣弄學問，所以詩的主題在賣弄學問，即「賣弄才學」類。

〈審雨〉的主題在「其他類」，主題是作者在賣弄才學；〈二斑與審雨賦詩〉主題在賣弄學問，因為故事與詩的主題相同，所以詩必然增加小說賣弄才學的成分，而從詩意來看也的確如此，所以詩的主題對故事的主題有加分的效果。

三、〈顏濬〉中〈與顏濬冥會詩〉（麗華賦、貴嬪賦、濬詩）

顏濬受趙幼芳之邀，中元日至瓦官閣，後張貴妃作詩，孔貴嬪、趙幼芳、顏濬繼和之，其中張貴妃、孔貴嬪、顏濬的詩如下：

> （張）貴妃題詩一章曰：「秋草荒臺響夜蛬，白楊聲盡減悲風。綵牋曾擘欺江摠，綺閣塵清玉樹空。」孔貴嬪曰：「寶閣排雲稱望仙，五雲高豔擁朝天。清溪猶有當時月，夜照瓊花綻綺筵。」……濬亦和曰：「蕭管清吟怨麗華，秋江寒月倚窗斜。慇非後主題牋客，得見臨春閣上花。」〔註13〕

〈與顏濬冥會詩〉（麗華賦）詩意為：荒臺長滿秋草，夜晚時蛬的叫聲響亮，白楊樹的凋盡更令人感到悲傷。我以前展開彩箋寫詩曾贏過江總，當時修建的結綺閣現在依然很乾淨，但是後主已經不在了。其詩對世事的轉變，有無限感傷。〈與顏濬冥會

〔註12〕　（宋）李昉等奉敕撰，《太平廣記・審雨》，同註1，第九冊，卷四百三十四，頁3233。
〔註13〕　李昉等編，《太平廣記・顏濬》，同註8，第七冊，卷三百五十，頁2772。

詩）（貴嬪賦）詩意爲：寶閣因凌空排雲被稱望仙閣，有五雲高掛就像擁著天朝。清
溪猶有當時的月亮，夜晚時月亮照著瓊花就像綻開綺麗的筵席。其詩對清溪的寶閣
有無限想念。〈與顏濬冥會詩〉（濬詩）詩意爲：蕭管清吟時我埋怨美麗的花，寒月
時我在長江畔倚著窗。慚愧我並非後主的題詩客，但仍得見後主臨春閣身邊的美女。
張貴妃、孔貴嬪、顏濬的詩，雖然表面在感傷世事、想念寶閣、和慚愧之意，但因
爲用了「江摠」、「麗華」表示江總、張貴妃之名，並用了「結綺閣」、「望仙閣」、「臨
春閣」等當時爲陳後主修建的三個閣名，再者顏濬詩雖言「慚」，但下文「得見臨春
閣上花」並不見「慚」意，反而有揚揚得意之意，故張貴妃、孔貴嬪、顏濬三首詩
有賣弄文墨之嫌，主題在賣弄學問，故爲「賣弄才學」類。

　　〈顏濬〉的主題是「命定」，〈與顏濬冥會詩〉（麗華賦、貴嬪賦、濬詩）的主
題在賣弄學問，而且從詩裡看不出與命定的主題相關，所以故事與詩的主題不同。

四、〈許棲巖〉中〈翫月詩〉

　　《太平廣記・許棲巖》沒有詩的記載；但《全唐詩》有，《仙鑑》也有，共記載
四首詩，且《仙鑑》的記載比《太平廣記》還詳細，故此篇的描述及詩是用《仙鑑・
許栖巖》的版本。

　　東皇君邀太一元君上曲龍山玩月，元君也邀許栖巖同遊，先令許栖巖沐浴，才
同跨鹿龍而去。至曲龍山，東皇命酒，與元君三人共飲，又命玉女歌青城丈人詞，
東皇君題詩，元君、許栖巖繼之，其詩如下：

> 東皇命玉女歌青城丈人詞，送元君酒。歌曰：「月砌瑤階泉滴乳，玉簫催
> 鳳和煙舞。青城丈人何處遊，玄鶴唳天雲一縷。」仙童擊玉，繼而和之。
> 宴極，東皇索玉簡而題詩曰：「造化天橋碧海東，玉輪還過輾晴虹。霓襟
> 似拂瀛洲頂，顥氣潛消橐籥中。」元君繼曰：「危橋橫石架雲端，跨鹿登
> 臨景象寬。顥魄洗煙澄碧落，桂花低拂玉簪寒。」亦請栖巖繼之，曰：「曲
> 龍橋頂翫瀛洲，凡骨空陪汗漫遊。不假丹梯躡霄漢，水晶盤冷桂花秋。」
> 於是紅鸞舌歌，彩鳳羽舞，笙簫響徹於天外，絲桐韻落於人間。〔註14〕

〈翫月詩〉（青城丈人詞東皇命玉女歌之送元君酒）詞意如下：月堆瑤階泉滴成乳，
玉簫催促鳳和煙舞。青城丈人去哪遊玩？騎著玄鶴繞天一縷。〈翫月詩〉（東皇）
詩意爲：曲龍橋如同碧海之一束，玉輪還可以輾過彩虹。霓襟好像輕拂瀛洲頂，

〔註14〕白雲觀長春道人編纂，《正統道藏・洞眞部・記傳類・歷代眞仙體道通鑑・許栖巖》，
　　　臺北：新文豐出版股份有限公司，民國84年4月初版三刷，卷三十二第十一，頁
　　　589。

皓氣偷偷的消失在橐籥裡。〈翫月詩〉（元君）詩意爲：曲龍橋如同架在雲端上的危橋，我跨鹿龍登臨此。皓氣洗去碧落的塵煙，桂花輕拂而讓人有寒意。〈翫月詩〉（栖巖）詩意爲：我在曲龍橋頂賞玩瀛洲，因我是凡人身份的伴遊而覺汗顏。不藉由丹梯而小心翼翼的到霄漢，在桂花開的秋季月圓夜。第一首是玉女唱歌送給元君，並建議要在曲龍山遊玩，其後三首分別是東皇君、太一元君、許棲巖寫自己到曲龍山的遊玩詩。四首詩的內容都是描述曲龍山的景色，故爲繪景詩。此四首詩因爲純粹描述曲龍山的景色，詩意詩意毫無建樹，放在小說裡是可有可無的詩，所以主題在賣弄學問，故爲「賣弄才學」類。又或許正因爲是可有可無之詩，所以《太平廣記》沒有記載。

〈許棲巖〉的主題是「命定」，〈翫月詩〉詩的主題是賣弄學問，而且從詩裡看不出與小說命定的主題相關，所以故事與詩的主題不同。

五、〈張雲容〉中〈與薛昭合婚詩〉（薛昭和）

薛昭遇到三女，四人喝酒，在即將告別前，三女之一蕭鳳臺擊席而歌，劉蘭翹、張雲容與薛昭繼和之。其中薛昭的詩如下：

> 昭亦和曰：「誤入宮垣漏網人，月華靜洗玉階塵。自疑飛到蓬萊頂，瓊艷
> 三枝半夜春。」〔註15〕

〈與薛昭合婚詩〉（薛昭和）詩意爲：我是誤入宮垣的人，月亮靜靜地洗去玉階的塵土。我私下以爲到了仙境，才會遇到了三位絕世美女。薛昭詩說明自己因爲遇到三位絕世美女而自喜，這就與〈顏濬〉中〈與顏濬冥會詩〉（濬詩）的揚揚得意相同，而且因爲詩意毫無建樹，放在小說裡是可有可無的詩，故主題在賣弄學問，即爲「賣弄才學」類。

〈張雲容〉的主題是「命定」，〈與薛昭合婚詩〉（薛昭和）主題是在賣弄學問，而且從詩裡看不出與小說命定的主題相關，所以故事與詩的主題不同。

「賣弄才學」類的五篇十二首詩中，詩與《傳奇》的主題思想不同的有：〈蕭曠〉中〈與蕭曠冥會詩〉（蕭曠答詩）；；〈顏濬〉中〈與顏濬冥會詩〉（麗華賦、貴嬪賦、濬詩）；〈許棲巖〉中〈翫月詩〉四首；〈張雲容〉中〈與薛昭合婚詩〉（薛昭和）。詩對《傳奇》的主題思想有加分效果的有：〈審囷〉中〈二斑與審囷賦詩〉三首，故在「賣弄才學」類中，《傳奇》詩歌對《傳奇》主題思想有影響的，只有四分之一。

〔註15〕　（宋）李昉等奉敕撰，《太平廣記・張雲容》，同註1，第二冊，卷六十九，頁452。

第三節　自薦枕席類

　　吟詩人物所要表達的主題，主要在向另一個人物示愛，或想念對方，或要求匹配，若對方也有回應的答詩，則一併放在「自薦枕席」類，篇章為〈崑崙奴〉中「誤到蓬山頂上游」詩、〈憶崔生〉；〈封陟〉中贈〈封陟〉、〈再贈〉；〈裴航〉中〈贈樊夫人詩〉、〈樊夫人答裴航〉；〈張無頗〉中〈寄張無頗〉二首；〈鄭德璘〉中〈與鄭德璘奇遇詩〉（鄭德璘投韋氏詩）；〈文簫〉中〈歌〉，共六篇十首詩。

一、〈崑崙奴〉中「誤到蓬山頂上游」詩、〈憶崔生〉

　　崔生至一品家探病，紅綃以湯匙餵崔生，離去前，一品命紅綃送崔生出。紅綃先立三指，又反三掌，後指胸前小鏡子言：記取。崔生不解，返回學院後，日不暇食，吟詩後左右也莫能知其意。後有崑崙奴解開紅綃隱語。其隱語與崔生約定在十五夜至第三院找她。至十五夜，崑崙奴負崔生至歌妓院內，見紅綃長嘆而坐，若有所俟，紅綃吟詩，崔生遂捲簾而入。崔生、紅綃的詩如下：

> （崔生）吟詩曰：「誤到蓬山頂上游，明璫玉女動星眸。朱扉半掩深宮月，
> 應照璚芝雪豔愁。」左右莫能究其意。……（紅綃）吟詩曰：「深洞鶯啼
> 恨阮郎，偷來花下解珠璫。碧雲飄斷音書絕，空倚玉簫愁鳳凰。」〔註16〕

〈崑崙奴〉中崔生的「誤到蓬山頂上游」詩，有思念美女，愁其無法相見之意。紅綃的〈憶崔生〉詩有期待崔生解救她脫離牢籠之意，但現在能做的只有等待。因為崔生詩的主題是想念紅綃；紅綃詩的主題是回憶崔生，而且在等待崔生的到來，因為兩首詩所要表達的主題，主要是想念對方，故為「自薦枕席」類。

　　〈崑崙奴〉的主題在「俠義類」，主題是譴責逼良為妓行為，獎勵俠士風範；而「誤到蓬山頂上游」詩、〈憶崔生〉兩首詩的主題均是思念對方，而且從詩裡看不出有譴責逼良為妓行為，或獎勵俠士風範，所以故事與此兩首詩的主題不同。

二、〈封陟〉中〈贈封陟〉、〈再贈〉

　　上元夫人對封陟自薦枕席，封陟拒絕三次，上元夫人三次留詩以求封陟改變心意，可惜封陟不改其意。其第一、二首詩分別為：

> 詩曰：「謫居蓬島別瑤池，春媚煙花有所思。為愛君心能潔白，願操箕箒
> 奉屏幃。」……詩曰：「弄玉有夫皆得道，劉剛兼室盡登仙。君能仔細窺

〔註16〕　（宋）李昉等奉敕撰，《太平廣記‧崑崙奴》，同註 1，第四冊，卷一百九十四，頁
　　　　1383。

朝露，須逐雲車拜洞天。」〔註17〕

上元夫人的〈贈封陟〉詩意為：我謫居蓬島離開瑤池，看到春天的嫵媚而有所思考。我愛慕你真樸的心，希望能嫁給你。〈再贈〉詩意為：蕭史弄玉夫婦皆得道，劉剛與樊夫人也同入仙籍，若你能仔細地看看朝露，就請你與我成親。上元夫人詩裡所要表達的主題，主要在向封陟要求匹配，故為「自薦枕席」類。

〈封陟〉的主題在「仙道」類，主題是因為封陟表裡不一，故與神仙失之交臂；而〈贈封陟〉、〈再贈〉主題是向封陟要求匹配，雖然乍看之下主題不同，但因為上元夫人詩的〈贈封陟〉提到仙島「蓬島」，〈再贈〉提到「弄玉」、「劉剛」等神仙，此與〈封陟〉仙道類的主題相近，又因為封陟一直拒絕上元夫人的示愛，故與神仙失之交臂，也失去成仙機會，所以〈封陟〉中〈贈封陟〉、〈再贈〉兩首詩的主題，與〈封陟〉主題相關。

三、〈裴航〉中〈贈樊夫人詩〉、〈樊夫人答裴航〉

裴航與樊夫人同載於舟，裴航見樊夫人驚為天人，寫詩予樊夫人，樊夫人視為不見，並讓侍妾裊煙持詩予裴航，間接表明拒絕之心：

> （裴航）因賂侍妾裊煙，而求達詩一章曰：「同為胡越猶懷想。況遇天仙隔錦屏。儻若玉京朝會去，願隨鸞鶴入青雲。」詩往，久而無答。……（樊）夫人後使裊煙持詩一章曰：「一飲瓊漿百感生，玄霜搗盡見雲英。藍橋便是神仙窟，何必崎嶇上玉京。」航覽之。空愧佩而已，然亦不能洞達詩之旨趣。〔註18〕

裴航的〈贈樊夫人詩〉詩意為：遇到的是天仙，就算相隔很遠，我仍然會想她，何況現在又僅有錦屏之隔。假設與去玉京求仙得道相比，我寧願跟妳遠走高飛。其詩為愛慕樊夫人之詩。但樊夫人明白拒絕，不但表明自己為已婚婦人，並暗示裴航之妻另有其人。樊夫人的〈樊夫人答裴航〉詩意為：你吃了瓊漿之後就會回想起此事。搗藥搗盡就能見到雲英，藍橋就是神仙窟，何必辛苦地去玉京求仙得道？因為裴航詩所要表達的主題是在向樊夫人示愛，而樊夫人詩是回絕裴航的愛慕，故兩首均為「自薦枕席」類。

〈裴航〉的主題在「仙道類」，主題是虛其心，實其腹；而〈贈樊夫人詩〉的主題是在向樊夫人示愛，〈樊夫人答裴航〉的主題是回絕裴航的愛慕，雖然乍看之下主

〔註17〕　（宋）李昉等奉敕撰，《太平廣記·封陟》，同註1，第二冊，卷六十八，頁446至447。

〔註18〕　（宋）李昉等奉敕撰，《太平廣記·裴航》，同註1，第一冊，卷五十，頁327。

題不同，但〈贈樊夫人詩〉提到「玉京」，〈樊夫人答裴航〉提到「神仙窟」，「玉京」和「神仙窟」都是道家用語，故與〈裴航〉仙道類的主題相關，而〈樊夫人答裴航〉不只和〈裴航〉仙道類的主題相關，還有加分的效果，因爲〈樊夫人答裴航〉主題雖是回絕裴航的愛慕，但詩裡暗示藍橋就是神仙窟，配合裴航虛其心，實其腹的特質（專心一意尋找玉杵白、搗藥），所以最後可以成仙得道，故〈樊夫人答裴航〉的主題對〈裴航〉的主題有加分的效果。

四、〈張無頗〉中〈寄張無頗〉

張無頗治愈廣利王女，歸後月餘，青衣送紅牋，其有詩二首，他閱讀後說：這必是王女所寫。其詩爲：

> 有青衣扣門而送紅牋。有詩二首，莫題姓字。無頗捧之。青衣倏忽不見。
> 無頗曰：「此必仙女所制也。」詞曰：「羞解明璫尋漢渚，但憑春夢訪天涯。
> 紅樓日暮鸞飛去，愁殺深宮落砌花。」又曰：「燕語春泥墮錦筵，情愁無
> 意整花鈿。寒閨欹枕不成夢，香炷金爐自裊煙。」〔註19〕

廣利王女〈寄張無頗〉第一首詩意爲：我羞解明璫，只憑以前的夢來尋你。傍晚時就是停在紅樓的鸞鳥也會離去，只有我在深宮裡堆砌落花發愁。其詩表明自己處於深宮的無所事是。第二首詩意爲：春天的燕語充滿整個宮廷，我心裡發愁到不想整理髮飾。寒閨獨枕讓我無法入睡，只能獨臥看著金爐裡的香烟慢慢昇起。其詩有自薦枕席的意味。此兩首詩所要表達的主題，是王女對張無頗的愛慕心意，並要求匹配，故爲「自薦枕席」類。

〈張無頗〉的主題是「命定」，而王女的〈寄張無頗〉主題是在向張無頗示愛，雖然兩者主題不同，但因爲王女寫詩之後，張無頗又再次去治療王女，王后才知道王女沒有生病，只是私自愛慕張無頗，所以廣利王才讓他們結婚，這就符合當初袁大娘的預言，所以故事主題是命定，在此王女的詩佔有關鍵性的地位，因爲她第二次生病可能是思念（張無頗）成疾，所以詩的主題與故事的主題相關。

五、〈鄭德璘〉中〈與鄭德璘奇遇詩〉（鄭德璘投韋氏詩）

鄭德璘舟與韋氏舟同宿，鄭德璘悅韋氏之美，贈詩予韋氏，鄭德璘寫給韋氏表達愛意的詩如下：

> （鄭德璘）以紅綃一尺，上題詩曰：「纖手垂鈎對水窗，紅蕖秋色豔長江。

〔註19〕　（宋）李昉等奉敕撰，《太平廣記‧張無頗》，同註1，第七冊，卷三百一十，頁2282。

　　　　既能解佩投交甫，更有明珠乞一雙。」〔註20〕

〈鄭德璘〉中〈與鄭德璘奇遇詩〉（鄭德璘投韋氏詩）詩意爲：你的纖手於水窗中垂鈎，紅色芙蓉的景色讓長江美艷起來。鄭交甫愛慕江妃二女，就像我愛慕你韋氏一樣，希望能向你乞求定情物。其詩讚美韋氏的美，但因鄭交甫被江妃二女拒絕，所以也表達愛慕韋氏既期待又怕遭受拒絕的心情。鄭德璘在詩裡表達愛慕韋氏，主題也在此，故爲「自薦枕席」類。

　　〈鄭德璘〉的主題是「命定」，而〈與鄭德璘奇遇詩〉（鄭德璘投韋氏詩）的主題是鄭德璘在向韋氏示愛，雖然主題不同，但當鄭德璘吟詩後，韋氏就在手臂繫上鄭德璘的示愛詩，所以水府君才能依此認出韋氏是鄭德璘的所愛，而這時間點的巧合其實就是故事所要表達的命定，所以故事與詩的主題相關。

六、〈文簫〉中〈歌〉

　　《太平廣記》中沒有〈文簫〉，《傳奇》中的〈文簫〉是根據《類說》、《仙鑑》而補入。〈文簫〉根據《類說》應有兩首詩；但《全唐詩》只列入一首；而《仙鑑》記載的雖然比《類說》詳細，但兩首詩作全無記載。故此篇描述用的是《仙鑑》的版本。詩是用《類說》的版本，故討論兩首詩。其一置於此（「自薦枕席」類）；其二置於「其他」類。

　　文簫看到一麗姝，歌唱稍異，其詞有「文簫」、「綵鸞」之句，驚遇神仙，其歌詞爲：

　　　　歌曰：「若能相伴陟仙壇，應得文簫駕彩鸞。自有繡襦并甲帳，瓊臺不怕
　　　　雪霜寒。」〔註21〕

吳彩鸞歌詞意爲：文簫與吳彩鸞若能相伴到仙壇，自然有繡襦和甲帳，就是美玉做的殿臺也不怕寒冷。其詩力邀文簫與吳彩鸞一起至仙壇。吳彩鸞歌詞所要表達的主題是希望文簫可以和她一起成仙，故爲「自薦枕席」類。

　　〈文簫〉主題是「命定」，吳彩鸞〈歌〉的主題是希望文簫可以和她一起成仙，雖然乍看之下主題不同，但〈歌〉提到「應得文簫駕彩鸞」，爲什麼吳彩鸞不選別人，只選文簫，就是因爲命定緣故，所以〈歌〉的主題就已間接提到〈文簫〉的命定主題，故〈歌〉的主題對〈文簫〉的主題有間接提示的加分效果。

〔註20〕　（宋）李昉等奉敕撰，《太平廣記・鄭德璘》，同註 1，第三冊，卷一百五十二，頁
　　　　　1057。
〔註21〕　〈文簫〉，（宋）曾慥編，《類說》，卷三十二，收錄在《四庫全書》，第八七三冊，子
　　　　　部十，雜家類五，第八七三冊，上海：上海古籍出版社，1987 年 6 月初版初刷，頁
　　　　　541。

　　「自薦枕席」類的六篇十首詩中，詩與《傳奇》的主題思想不同的有：〈崑崙奴〉中「誤到蓬山頂上游」詩、〈憶崔生〉。詩與《傳奇》的主題思想相關的有：〈封陟〉中贈〈封陟〉、〈再贈〉；〈裴航〉中〈贈樊夫人詩〉；〈張無頗〉中〈寄張無頗〉二首；〈鄭德璘〉中〈與鄭德璘奇遇詩〉（鄭德璘投韋氏詩）。詩對《傳奇》的主題思想有加分效果的有：〈裴航〉中〈樊夫人答裴航〉；〈文簫〉中〈歌〉，故在「自薦枕席」類中，《傳奇》詩歌對《傳奇》主題思想有影響的高達八成，且這些小說的主題思想不是命定類，即為仙道類，可能原因為：裴鉶寫此類命定與仙道小說時，因與自身經驗習習相關，故詩歌多能與小說的主題互相呼應。

第四節　其他類

一、命定類

　　詩的主題在談論逃不開的宿命觀念，則為命定類。篇章有〈元柳二公〉中〈題玉壺贈元柳二子〉；〈文簫〉中「一班與二班」詩；〈張雲容〉中〈與薛昭合婚詩〉（雲容和），共三篇三首詩。

（一）〈元柳二公〉中〈題玉壺贈元柳二子〉

　　元徹柳實登舟遇風，偶然抵仙島，將離去時，南溟夫人贈玉壺，並於玉壺題字：

　　　　（南溟）夫人命筆，題玉壺詩贈曰：「來從一葉舟中來，去向百花橋上去。
　　　　若到人間扣玉壺，鴛鴦自解分明語。」〔註22〕

南溟夫人〈題玉壺贈元柳二子〉詩意為：你們是坐一葉漂舟而來，離開時要走百花橋。回家後，有事儘管扣玉壺，自然就會有鴛鴦解決其事。其詩點明元徹柳實二人初來該島、離開該島的方式，此外南溟夫人還暗示，歸家時若有事可扣玉壺，自然會有鴛鴦應之。內容敘述元徹柳實來到仙島的方式，及兩人離開島後即將發生的事情，依南溟夫人之詩，兩人可以來到此仙島是命中註定的，所以兩人註定坐漂舟來，註定走百花橋離開，再者南溟夫人給的玉壺也是有玄機的，因為玉壺是元柳二公未來師復之物，這也是事先決定好的，因為有一連串的命中註定，所以詩的主題是命定。

　　〈元柳二公〉的主題是「命定」，〈題玉壺贈元柳二子〉的主題也是命定，因為故事與詩的主題相同，所以詩必然增加小說的命定成分，而從詩意與贈物玉壺來看也的確如此，所以詩的主題對故事的主題有加分的效果。

〔註22〕（宋）李昉等奉敕撰，《太平廣記‧元柳二公》，同註1，第一冊，卷二十五，頁189。

（二）〈文簫〉中「一班與二班」詩

文簫與吳綵鸞將入山前，吳綵鸞曾作詩如下：

> 會昌初，與生奔越王山，作詩曰：「一班與兩班，引入越王山，世數今逃
> 盡，烟蘿得再還。」〔註23〕

「一班與二班」詩吳彩鸞詩意為：我與文簫各騎了一隻虎往越王山，以往洩露天機所犯的錯現在已懲罰完，現在我們要回去仙境了。詩表達兩人即將離開人間，並歸回仙境，還將以前所犯的錯做一交代，而以前會犯錯是因為「世數」緣故，所以詩的主題就是世數，故為「命定類」。

〈文簫〉的主題是「命定」，「一班與二班」詩的主題是世數，命定、世數兩者意義相同，因為故事與詩的主題相同，所以詩必然增加小說命定的成分，而從詩意來看也的確如此，所以詩的主題對故事的主題有加分的效果。

（三）〈張雲容〉中〈與薛昭合婚詩〉（雲容和）

薛昭遇到三女，四人喝酒，在即將告別前，三女之蕭鳳臺擊席而歌，劉蘭翹、張雲容與薛昭繼和之。其中張雲容的詩如下：

> （張）雲容和曰：「韶光不見分成塵，曾餌金丹忽有神。不意薛生攜舊律，
> 獨開幽谷一枝春。」〔註24〕

張雲容詩意為：不曾看過時光分成塵，我曾食絳雪丹使精神不壞。不曾料想薛昭的來到，讓在幽谷的我擁有一線希望。張雲容詩提及以前曾吃申天師的絳雪丹，所以才能保其真神不滅，薛昭的出現，幫助她的再生。蕭鳳臺、劉蘭翹因未與薛昭交合，無法再生，所以兩人詩透露出之所以「愁」、「寒」的心境（參考本章第一節之九：〈張雲容〉中〈與薛昭合婚詩〉（鳳臺、蘭翹歌送薛昭雲容酒）；張雲容詩比起蕭鳳臺、劉蘭翹的詩多了一絲希望，且這希望只有張雲容才有，其他兩人均無。詩用「不意薛生攜舊律，獨開幽谷一枝春」，其實是有陷阱的，因為乍看之下以為真的是不經意才發生，但事實上故事已點明：「此乃宿分，非偶然耳」，但詩卻用「不意」，所以才說有陷阱，因為她和薛昭的相遇早已註定好的，所以詩的主題是命定。

〈張雲容〉的主題是「命定」，〈與薛昭合婚詩〉（雲容和）的主題是命定，因為故事與詩的主題相同，所以詩必然增加小說命定的成分，而從詩意來看也的確如此，只是詩安排了一個陷阱，多繞了一個彎，所以詩的主題對故事的主題仍有加分的效

〔註23〕 （宋）曾慥編，《類說・文簫》，同註21，卷三十二，頁541。
〔註24〕 （宋）李昉等奉敕撰，《太平廣記・張雲容》，同註1，第二冊，卷六十九，頁452。

果。

二、告別類

詩的主題在向人告別，則為告別類。篇章有〈陶尹二君〉中〈吟〉（古丈夫）；〈封陟〉中〈留別〉；〈鄭德璘〉中〈與鄭德璘奇遇詩〉（水府君題韋氏巾上），共三篇三首詩。

（一）〈陶尹二君〉中〈吟〉（古丈夫）

古丈夫與毛女教陶尹二君食木實法，將離去前，古丈夫吟詩，毛女也和詩。其中古丈夫的詩如下：

> 飲將盡，古丈夫即松枝，叩玉壺而吟曰：「餌栢身輕疊嶂間，是非無意到塵寰。冠裳暫備論浮世，一餉雲遊碧落間。」〔註25〕

〈吟〉（古丈夫）詩意為：食木實後，我飛騰自在。在無意間遇到你們，穿戴適宜的衣冠與你們討論人間事，一會兒後我就要再去雲遊了。古丈夫因為已是神仙，所以詩主題在說明：與陶君二君離別之後他即將去雲遊，故為告別類。

〈陶尹二君〉的主題在「仙道類」，主題是因為二君偶然遇到古丈夫、毛女而得道；〈吟〉（古丈夫）的主題在向二君告別，而且從詩裡看不出與仙道的主題相關，所以故事和詩的主題不同。

（二）〈封陟〉中〈留別〉

上元夫人對封陟自薦枕席，上元夫人三次留詩以求封陟改變心意，可惜封陟不改其意。第三首詩為：

> 詩曰：「蕭郎不顧鳳樓人，雲澁迴車淚臉新。愁想蓬瀛歸去路，難窺舊苑碧桃春。」〔註26〕

上元夫人的〈留別〉詩意為：你這樣不理我，想著孤身回去蓬島的歸途，我帶著悲傷離開，我將不會再來找你了。因為〈留別〉是上元夫人對封陟的無動於衷，感到徹底失望而寫成的，所以在詩裡主要向封陟表達告別之意，而詩的主題也是告辭封陟，因為不會再來找封陟了，所以向他告別。

〈封陟〉的主題在「仙道」類，主題是因為封陟表裡不一，故與神仙失之交臂；而〈留別〉主題是向封陟告別，雖然主題不同，但因為詩提到「蕭郎不顧鳳樓人」，

〔註25〕 （宋）李昉等奉敕撰，《太平廣記・陶尹二君》，同註1，第一冊，卷四十，頁272。
〔註26〕 （宋）李昉等奉敕撰，《太平廣記・封陟》，同註1，第二冊，卷六十八，頁447至448。

這與她寫給封陟的第二首詩〈再贈〉，同樣用蕭史弄玉的典故，〈留別〉又提到「蓬瀛」，就與〈封陟〉仙道類的主題相近，又因爲封陟拒絕上元夫人的示愛，才與神仙失之交臂，也失去成仙機會，所以〈留別〉詩與〈封陟〉的主題相關。

（三）〈鄭德璘〉中〈與鄭德璘奇遇詩〉（水府君題韋氏巾上）

韋氏與叟一同入洞庭探望父母。父母第舍與人世無異，唯食菱芡。臨去前，持器贈女，韋氏別其父母。叟寫詩贈鄭德璘，其詩爲：

> 叟以筆大書韋氏巾曰：「昔日江頭菱芡人，蒙君數飲松醪春。活君家室以
> 爲報，珍重長沙鄭德璘。」〔註27〕

〈與鄭德璘奇遇詩〉（水府君題韋氏巾上）詩意爲：我是以前載你過江夏只吃的菱芡的那個人，你每次過江夏都帶松醪春來給我喝。所以我讓你的夫人存活以爲回報，鄭德璘，請珍重。詩主題在向鄭德璘告別，故爲告別類。

〈鄭德璘〉的主題是「命定」；〈與鄭德璘奇遇詩〉（水府君題韋氏巾上）的主題在向鄭德璘告別，雖然主題不同，但因爲詩提到他曾多次喝鄭德璘的「松醪春」，所以後來回報妻室給鄭德璘，老叟當時沒有回報，是因爲知道以後會回報鄭德璘一個妻子，而這就與命定相關了，故詩主題與〈鄭德璘〉的命定主題相關。

三、不違本性類

詩的主題表達自己原本的性格，稱爲不違本性。篇章爲〈孫恪〉中〈袁長官女詩〉（摘萱草吟）、〈題峽山僧壁〉兩首詩。

袁氏以萱草爲題，把人間視爲忘憂的萱草當作腐草。後來袁氏同孫恪到端州，順道至峽山寺。抵寺，袁氏將碧玉環獻給寺之僧，並說其爲院中舊物。僧不知其由。齋罷，見野猿嬉戲、飲食，袁氏惻然，題筆寫下久居人間的心境。以萱草爲題的詩，與題在峽山寺的詩如下：

> 女摘庭中之萱草，凝思久立，遂吟詩曰：「彼見是忘憂，此看同腐草。青
> 山與白雲，方展我懷抱。」吟諷慘容。……。（袁氏）俄命筆題僧壁曰：「剛
> 被恩情役此心，無端變化幾湮沉。不如逐伴歸山去，長嘯一聲烟霧深。」
> 乃擲筆于地，撫二子咽泣數聲。〔註28〕

袁氏〈袁長官女詩〉（摘萱草吟）詩意爲：人見萱草爲忘憂草，在我看來卻是腐草。

〔註27〕 （宋）李昉等奉敕撰，《太平廣記・鄭德璘》，同註1，第三冊，卷一百五十二，頁1059。

〔註28〕 （宋）李昉等奉敕撰，《太平廣記・孫恪》，同註1，第九冊，卷四百四十五，頁3328、3330。

青山與白雲，才是我心所嚮往處。詩有兩項暗示，其一暗示自己非一般人，所以常人視為忘憂的萱草，在她看來不過是腐草，而姓氏「袁」，其實導因她實為「猿」類，這是裴鉶的巧妙暗示；其二暗示「青山」、「白雲」才是袁氏「懷抱」所在。詩表面在描述萱草，實際將自己嚮往青山白雲的寄託隱藏其中，這就表達她原是猿類的本性，故主題是不違本性。〈袁長官女詩〉（題峽山僧壁）詩意為：我的心長久被恩情局限住，我沒有反抗自己的心，所以一直沒有快樂。但現在我的同伴來歡迎我，不如與同伴歸山，一起分享在林裡長嘯的快樂。詩描述因某些原因，導致無法順從自己心意做自己喜歡的事，所以現在她要和同伴一起歸山、分享快樂。只有和同伴歸山，她才能快樂，這就表示她最後順從了自己的心意，所以主題仍是不違本性。

　　〈孫恪〉的主題在「其他類」，主題是不違本性；兩首〈袁長官女詩〉的主題也是不違本性，因為故事與詩的主題相同，所以詩必然增加小說不違本性的成分，而從詩意來看也的確如此，所以詩的主題對故事的主題有加分的效果。

四、報恩類

　　詩的主題在報恩，如〈崔煒〉中〈和崔侍卿〉。

　　玉京子帶崔煒往南越王趙佗墓。至一石門，四女即告知崔煒：皇帝已許田夫人及寶陽燧珠予之。崔煒問緣由，四女回答因其先人有詩於越王殿臺，感悟徐紳而修緝殿臺，皇帝繼和詩已說明贈之緣由。四女題越王曾寫過的繼和詩如下：

> 女命侍女書題于羊城使者筆管上云：「千歲荒臺隱路隅，一煩太守重椒塗。
> 感君拂拭意何極，報爾美婦與明珠。」〔註29〕

南越王〈和崔侍卿〉詩意為：多年未經打掃的墳墓就在路的一角，徐紳把它重新粉飾。為了答謝你寫詩讓徐紳粉飾殿臺，我要回報你美婦與明珠。詩因為是和崔侍御的〈題越王臺〉，故取名和，詩有知恩圖報之意，所以詩的主題是報恩。

　　〈崔煒〉的主題是「報恩」；〈和崔侍卿〉的主題也是報恩，因為故事與詩的主題相同，所以詩必然增加小說報恩的成分，而從詩意來看也的確如此，所以詩的主題對故事的主題有加分的效果。

五、解愁類

　　詩的主題在消除憂愁，如〈鄭德璘〉中〈與鄭德璘奇遇詩〉（崔希周秀才拾芙蓉詩）。

　　韋氏與鄰舟女同處。夜將半，聞江中有秀才吟詩，秀才的詩如下：

〔註29〕（宋）李昉等奉敕撰，《太平廣記・崔煒》，同註1，第一冊，卷三十四，頁238。

江中有秀才吟詩曰：「物觸輕舟心自知，風恬浪靜月光微。夜深江上解愁
思，拾得紅蕖香惹衣。」〔註30〕

〈與鄭德璘奇遇詩〉（崔希周秀才拾芙蓉詩）詩意為：有物觸舟時我的心裡清楚，江
中風平浪靜月光稀微。此物正好解除我的愁思，我拾得紅色芙蓉，它的芳馨沾染衣
物。因為拾得芙蓉所以消除了秀才的愁思，所以詩的主題為解愁。

〈鄭德璘〉的主題是「命定」，〈與鄭德璘奇遇詩〉（崔希周秀才拾芙蓉詩）的主
題是解愁，詩與故事的主題不同，但從詩意來看，秀才原有愁思，只是因為拾得芙
蓉，而此芙蓉正好讓他解愁，所以詩其實帶有命定的意味，所以詩與故事的主題相
關。

六、讚美類

詩的主題在讚美某事物，如〈張雲容〉中〈贈張雲容舞〉（〈阿那曲〉），《全唐
詩》將同一首詩分別收錄在卷五、八九九兩處，以下均用〈贈張雲容舞〉代表此
首詩名。

張雲容是楊貴妃的侍女，楊貴妃很喜歡她，常常叫她在繡嶺宮跳霓裳舞，又贈
詩給張雲容，其詩為：

（楊貴）妃贈我詩曰：「羅袖動香香不已，紅蕖裊裊秋烟裏。輕雲嶺上乍
搖風，嫩柳池邊初拂水。」〔註31〕

楊貴妃詩意是讚美張雲容的霓裳舞，主要在介紹張雲容的舞藝極佳，所以主題在讚
美張雲容的霓裳舞。

詩是楊貴妃創作，卻藉由張雲容口中吟出，依小說描述，張雲容與楊貴妃已分
開百年之久，但張雲容依然記得此詩，而且張雲容在向薛昭介紹自己時，先說自己
是楊貴妃旁的侍女，接著就吟此詩為證，這樣就能讓人因為楊貴妃之名，加深對張
雲容的印象，故創作此詩的目的，是要加深人們對張雲容的印象。

此首詩是主要在讚美張雲容的霓裳舞，原屬於「歌功頌德」的「賣弄才學」類，
但因為吟詩的是楊貴妃，楊貴妃沒有必要對一個侍女歌功頌德，所以此首詩純粹是
讚美詩。

〈張雲容〉的主題是「命定」，〈贈張雲容曲〉主題在讚美張雲容的霓裳舞，而
且從詩裡看不出與命定相關的線索，所以詩與故事的主題不同。

〔註30〕 （宋）李昉等奉敕撰，《太平廣記·鄭德璘》，同註 1，第三冊，卷一百五十二，頁
1057。
〔註31〕 （宋）李昉等奉敕撰，《太平廣記·張雲容》，同註 1，第二冊，卷六十九，頁 451。

七、仙道類

　　詩的主題以求仙得道爲主，如〈韋自東〉中〈太白山魔誑道士詩〉。

　　道士請韋自東仗劍擊妖魔。第一次出現巨虺，韋自東以劍擊之；第二次出現一女子，韋自東又以劍拂之；第三次出現道士之師，韋自東釋劍禮之：

> （道士師）語（韋）自東曰：「喜汝道士丹成，今有詩一首，汝可繼和。」
> 詩曰：「三秋稽顙叩眞靈，龍虎交時金液成。絳雪既凝身可度，蓬壺頂上彩雲生。」自東詳詩意曰：「此道士之師。」〔註32〕

〈太白山魔誑道士詩〉，詩中回憶三年前贈藥，如今靈藥完成後弟子（道士）就能成仙。道士之師實爲妖魔，但以詩歌假冒道士之師，騙取韋自東信任，不讓韋自東用劍擊殺他。詩用「龍虎」代表煉丹所使用的龍虎丹爐，用靈藥名「絳雪」丹，所以詩的主題在談論煉丹完後即可成仙，故爲仙道類。

　　〈韋自東〉的主題在「仙道」類，主題是對自己太過自信，忘了道士叮嚀，進而失去得道機緣；〈太白山魔誑道士詩〉主題在談論煉丹完後即可成仙，兩者雖然主題不同，但因爲太白山魔吟詩，使韋自東以爲道士之師來到，才讓韋自東失去得道機緣。因爲〈太白山魔誑道士詩〉符合道士之言：靈藥將成所花費的三年時間、龍虎丹爐、絳雪丹等，使韋自東信其言而無法得道，所以可說〈太白山魔誑道士詩〉主題和〈韋自東〉主題有因果關係。

八、虎死分銀

　　詩的主題爲虎死分銀，如〈馬拯〉中「寅人但溺欄中水」詩。

　　馬沼山人對馬拯說，其僕夫爲虎所食。夜晚，兩人宿其食堂，聞庭中之虎撞其扉，兩人驚懼，叩首於羅漢之一的賓頭盧，賓頭盧吟詩救兩人，其詩爲：

> 二子懼而焚香，虔誠叩首於堂內土偶賓頭盧者。良久聞土偶吟詩曰：「寅人但溺欄中水，午子須分艮畔金。若教特進重張弩，過去將軍必損心。」
> 二子聆之，而解其意，曰：「寅人虎也。欄中即井。午子即我耳。艮畔金即銀皿耳。」……「土偶詩下句有驗矣，特進乃牛進也，將軍即此虎也。」

〔註33〕

土偶賓頭盧「寅人但溺欄中水」詩意爲：將虎推入井中溺斃，之後你們均分銀皿。若教牛進重張其箭，必能貫穿虎心。其詩解決馬拯、馬沼山人之難。這首詩，比較

〔註32〕（宋）李昉等奉敕撰，《太平廣記‧韋自東》，同註1，第八冊，卷三百五十六，頁2608。

〔註33〕（宋）李昉等奉敕撰，《太平廣記‧馬拯》，同註1，第九冊，卷四百三十，頁3205。

像是李公佐〈謝小娥傳〉中〔註34〕，其父與夫被盜賊所殺後，父與夫托夢給謝小娥的十二字謎語。只是詩並不如〈謝小娥傳〉的謎語全爲描寫其名，土偶竇頭盧詩作還有暗示如何對抗虎的惡勢力。詩用隱語暗示殺虎的方法，主題就是詩的暗示：虎死分銀。

〈馬拯〉的主題在「俠義類」，主題是替人除虎害，「寅人但溺欄中水」詩的主題是虎死分銀，兩者主題不同，但因爲竇頭盧吟詩後，二人才從詩的線索知道如何對抗老虎，最後也順利替人除虎害。因爲「寅人但溺欄中水」詩暗示殺虎的方法，所以讓他們可以除虎害，所以可說「寅人但溺欄中水」詩的主題和〈馬拯〉主題有因果關係。

《傳奇》詩的主題思想，與《傳奇》中主題思想不同的篇章爲：〈蕭曠〉中〈與蕭曠冥會詩〉三首、〈崑崙奴〉中「誤到蓬山頂上游」詩與〈憶崔生〉、〈陶尹二君〉中〈吟〉二首、〈曾季衡〉中〈與曾季衡冥會詩〉（季衡酬別）、〈顏濬〉中〈與顏濬冥會詩〉四首、〈許棲巖〉中〈翫月詩〉四首、〈張雲容〉中〈贈張雲容舞〉、〈與薛昭合婚詩〉（鳳臺、蘭翹歌送薛昭雲容酒、薛昭和），共七篇二十首詩。其中〈與蕭曠冥會詩〉（蕭曠答詩）、〈與顏濬冥會詩〉（麗華賦、貴嬪賦、濬詩）、〈翫月詩〉等詩的主題，純粹在賣弄學問。

和《傳奇》中的主題思想相關篇章爲：〈盧涵〉中〈明器婢詩〉、〈封陟〉中〈再贈〉、〈贈封陟〉、〈留別〉、〈裴航〉中〈贈樊夫人詩〉、〈張無頗〉中〈寄張無頗〉二首、〈鄭德璘〉中〈與鄭德璘奇遇詩〉五首、〈姚坤〉中〈夭桃詩〉，共五篇十三首詩。

和《傳奇》中的主題思想相同，並有加分效果的篇章爲：〈甯茵〉中〈二班與甯茵賦詩〉三首、〈孫恪〉中〈袁長官女詩〉（摘萱草吟）、（題峽山僧壁）、〈裴航〉中〈樊夫人答裴航〉、〈曾季衡〉中〈與曾季衡冥會詩〉（麗眞留別）、〈崔煒〉中〈和崔侍卿〉、〈元柳二公〉中〈題玉壺贈元柳二子〉、〈文蕭〉中〈歌〉、「一班與二班」詩〈張雲容〉中〈與薛昭合婚詩〉（雲容和），共八篇十二首詩。

和《傳奇》中的主題思想有因果關係的有：〈韋自東〉中〈太白山魔誑道士詩〉、〈崔煒〉中〈題越王臺〉、〈馬拯〉「寅人但溺欄中水」詩、〈趙合〉五原夜吟，共四篇四首詩。

由上可知，《傳奇》詩與《傳奇》故事主題毫無影響的二十首詩，約佔《傳奇》詩總數的四成，這二十首詩對《傳奇》故事主題及其發展是毫無助益的，有些如〈翫月詩〉，更是裴鉶炫耀詩才的工具。至於其他的六成詩，對《傳奇》故事主題則有相

〔註34〕　（宋）李昉等奉敕撰，《太平廣記・謝小娥傳》，同註 1，第十冊，卷四百九十一，頁 3679 至 3681。

關、加分和因果等不同和程度的影響，雖然有些如〈二斑與窨茵賦詩〉仍是炫耀才學之詩，但多數詩都可從詩意、主題思想了解吟詩人物的內心、性格，這就呈現了裴鉶寫小說與詩相輔相成的功力了。

第四章　《傳奇》詩中的形式結構

　　裴鉶安排人物吟詠詩歌，是否符合詩的形式？抑或只是韻文罷了？人物吟詠的詩歌（或韻文）是否與本身的身份相符？故本章欲從《傳奇》詩的形式結構，觀察裴鉶寫詩的用字、用韻偏好，與不同人物吟詩的情況，並歸納裴鉶寫詩的韻譜。

第一節　七絕仄起

　　七絕仄起的條件是：○仄○平○仄○，○平○仄○平◎。○平○仄○平○，○仄○平○仄◎。其中「○」代表平仄不限，「◎」代表必須押韻，還有句中忌犯孤平，及句尾忌三平，才是七絕仄起。篇章為：〈蕭曠〉中〈與蕭曠冥會詩〉（甄后留別蕭曠）；〈崑崙奴〉中「誤到蓬山頂上游」詩、〈憶崔生〉；〈陶尹二君〉中〈吟〉（古丈夫）；〈封陟〉中〈再贈〉；〈裴航〉中〈樊夫人答裴航〉；〈曾季衡〉中〈與曾季衡冥會詩〉（季衡酬別）；〈張無頗〉中〈寄張無頗〉二首；〈鄭德璘〉中〈與鄭德璘奇遇詩〉（崔希周秀才拾芙蓉詩、鄭德璘投韋氏詩、德璘弔韋氏（「湖面狂風且莫吹」詩））；〈顏濬〉中〈與顏濬冥會詩〉（麗華賦、貴嬪賦、濬詩）；〈許棲巖〉中〈甄月詩〉（東皇）；〈張雲容〉中〈贈張雲容舞〉、〈與薛昭合婚詩〉（蘭翹歌送薛昭雲容酒），共十一篇十八首詩。

一、〈蕭曠〉中〈與蕭曠冥會詩〉（甄后留別蕭曠）

　　洛浦神女詩的韻腳是「宮」、「風」、「空」，依《新校正切宋本廣韻》〔註1〕（以下簡稱《廣韻》）同為一「東」韻，又因符合七絕仄起條件（以下皆詳見附錄六：《傳

〔註1〕　（清）張士俊存澤堂本，（宋）陳彭年等重修，林尹校訂，《新校正切宋本廣韻》，臺北：黎明文化事業股份有限公司，民國88年11月十七刷。

奇》詩作分析表），故為七言絕句。

二、〈崑崙奴〉中「誤到蓬山頂上游」詩、〈憶崔生〉

〈崑崙奴〉崔生詩的韻腳是「游」、「眸」、「愁」，依《廣韻》同為十八「尤」韻，又因符合七絕仄起條件，故為七言絕句。紅綃詩的韻腳是「郎」、「璫」、「凰」，依《廣韻》同為十一「唐」韻，又因符合七絕仄起條件，故為七言絕句。

三、〈陶尹二君〉中〈吟〉（古丈夫）

古丈夫詩的韻腳是「間」、「寰」，依《廣韻》「間」為二十八「山」韻，「寰」為二十七「刪」韻，刪山同用，又因符合七絕仄起條件，故為七言絕句。

四、〈封陟〉中〈再贈〉

〈再贈〉的韻腳是「仙」、「天」，依《廣韻》「仙」為二「仙」韻，「天」為一「先」韻，先仙同用，又因符合七絕仄起條件，故為七言絕句。

五、〈裴航〉中〈樊夫人答裴航〉

樊夫人詩的韻腳是「生」、「英」、「京」，依《廣韻》同為十二「庚」韻，又因符合七絕仄起條件，故為七言絕句。

六、〈曾季衡〉中〈與曾季衡冥會詩〉（季衡酬別）

曾季衡詩的韻腳是「歸」、「歧」、「枝」，依《廣韻》「歸」為八「微」韻，「歧」、「枝」同為五「支」韻，微與支韻鄰韻通押，且依《增廣詩韻集成》（以下簡稱《詩韻》）〔註2〕，微古通支，又因符合七絕仄起條件，故為七言絕句。

七、〈張無頗〉中〈寄張無頗〉二首

〈張無頗〉王女第一首詩的韻腳是「涯」、「花」，依《廣韻》「涯」為十三「佳」韻，「花」為九「麻」韻，又《韻鏡》中「涯（崖）」為外轉第十五開口二等，依王力擬音蟹攝佳二等為：-ai，花為外轉第三十合口二等，依王力擬音假攝麻二等為：-a，有同樣的主要元音-a，又因符合七絕仄起條件，故為七言絕句。第二首詩的韻腳是「筵」、「鈿」、「煙」，依《廣韻》「鈿」、「煙」同為一「先」韻，「筵」為二「仙」韻，先仙同用，又因符合七絕仄起條件，故為七言絕句。

八、〈鄭德璘〉中〈與鄭德璘奇遇詩〉（崔希周秀才拾芙蓉詩、鄭德璘投韋氏詩、
　　德璘弔韋氏（「湖面狂風且莫吹」詩））

〔註2〕江都、余照春亭編輯，朱明祥編寫，《增廣詩韻集成》，高雄：高雄復文圖書出版社，
　　　1995 年元月。

秀才詩的韻腳是「知」、「微」、「衣」，依《廣韻》「微」、「衣」同爲八「微」韻，「知」爲五「支」韻，微與支鄰韻通押，且依《詩韻》，微古通支，又因符合七絕仄起條件，故爲七言絕句。鄭德璘詩的韻腳是「窗」、「江」、「雙」，依《廣韻》同爲四「江」韻，又因符合七絕仄起條件，故爲七言絕句。弔江姝第一首詩的韻腳是「吹」、「微」、「垂」，依《廣韻》「吹」、「垂」同爲五「支」韻，「微」爲八「微」韻，微與支鄰韻通押，且依《詩韻》，微古通支，又因符合七絕仄起條件，故爲七言絕句。

九、〈顏濬〉中〈與顏濬冥會詩〉（麗華賦、貴嬪賦、濬詩）

張貴妃詩的韻腳是「蚩」、「風」、「空」，依《廣韻》「蚩」爲三「鍾」韻，「風」、「空」同爲一「東」韻，東鍾鄰韻通押，又因符合七絕仄起條件，故爲七言絕句。孔貴嬪詩的韻腳是「仙」、「天」、「筵」，依《廣韻》「仙」、「筵」同爲二「仙」韻，「天」爲一「先」韻，先仙同用，又因符合七絕仄起條件，故爲七言絕句。顏濬詩的韻腳是「華」、「斜」、「花」，依《廣韻》同爲九「麻」韻，又因符合七絕仄起條件，故爲七言絕句。

十、〈許棲巖〉中〈翫月詩〉（東皇）

東皇君詩的韻腳是「東」、「虹」、「中」，依《廣韻》同爲一「東」韻，又因符合七絕仄起條件，故爲七言絕句。

十一、〈張雲容〉中〈贈張雲容曲〉、〈與薛昭合婚詩〉（蘭翹歌送薛昭雲容酒）

〈張雲容〉中〈贈張雲容曲〉楊貴妃詩的韻腳是「已」、「裏」、「水」，依《廣韻》「已」、「裏」同爲六「止」韻，「水」爲五「旨」韻，紙旨止同用，又因符合七絕仄起條件，故爲七言絕句。劉蘭翹詩的韻腳是「翰」、「歡」、「寒」，依《廣韻》「翰」、「歡」同爲二十八「翰」韻，「寒」爲二十五「寒」韻，寒旱翰曷四聲遞承，又因符合七絕仄起條件，故爲七言絕句。

第二節　七絕平起

七絕平起的條件是：○平○仄○平○，○仄○平○仄◎。○仄○平○仄○，○平○仄○平◎。其中「○」代表平仄不限，「◎」代表必須押韻，還有句中忌犯孤平，及句尾忌三平，才是七絕平起。篇章有：〈蕭曠〉中〈與蕭曠冥會詩〉（織綃女詩、蕭曠答詩）；〈盧涵〉中〈明器婢詩〉；〈韋自東〉中〈太白山魔誑道士詩〉；〈陶尹二君〉中〈吟〉（毛女）；〈封陟〉中〈贈封陟〉、〈留別〉；〈裴航〉中〈贈樊夫人詩〉；〈趙

合〉中〈五原夜吟〉;〈曾季衡〉中〈與曾季衡冥會詩〉(麗眞留別);〈鄭德璘〉中〈與鄭德璘奇遇詩〉(德璘弔韋氏(「洞庭風軟荻花秋」詩));〈文簫〉中〈歌〉;〈許棲巖〉中〈翫月詩〉(元君詩);〈張雲容〉中〈與薛昭合婚詩〉(鳳臺歌送薛昭雲容酒、雲容和);〈姚坤〉中〈夭桃詩〉,共十三篇十六首詩。

一、〈蕭曠〉中〈與蕭曠冥會詩〉(織綃女詩、蕭曠答詩)

織綃娘子詩的韻腳是「娛」、「壺」、「珠」,依《廣韻》「娛」、「珠」同爲十「虞」韻,「壺」爲十一「模」,虞模同用,又因符合七絕平起條件,故爲七言絕句。蕭曠詩的韻腳是「桃」、「遭」、「高」,依《廣韻》同爲六「豪」韻,又因符合七絕平起條件,故爲七言絕句。

二、〈盧涵〉中〈明器婢詩〉

〈盧涵〉盧涵雖惡青衣詞之不稱,但事實上青衣詩仍爲七言絕句。因爲青衣詩的韻腳是「關」、「殘」、「寒」,依《廣韻》「關」爲二十七「刪」韻,「殘」、「寒」同爲二十五「寒」韻,寒刪仙先在《韻鏡》〔註3〕爲同一張表,代表它們的音很接近,又因符合七絕平起條件,故爲七言絕句。

三、〈韋自東〉中〈太白山魔誑道士詩〉

道士師之詩的韻腳是「靈」、「成」、「生」,依《廣韻》「靈」爲十五「青」韻,「成」爲十四「清」韻,「生」爲十二「庚」韻,庚耕清同用,且清青鄰韻通押,又因符合七絕平起條件,故爲七言絕句。

四、〈陶尹二君〉中〈吟〉(毛女)

毛女詩的韻腳是「非」、「微」、「衣」,依《廣韻》同爲八「微」韻,又因符合七絕平起條件,故爲七言絕句。

五、〈封陟〉中〈贈封陟〉、〈留別〉

〈贈封陟〉的韻腳是「池」、「思」、「幃」,依《廣韻》「池」爲五「支」韻,「思」爲七「之」韻,「幃」爲八「微」韻,支脂之同用,微與支之鄰韻通押,且依《詩韻》,微古通支,《詩韻》的支包含支脂之三韻,又因符合七絕平起條件,故爲七言絕句。〈留別〉的韻腳是「人」、「新」、「春」,依《廣韻》「人」、「新」同爲十七「眞」韻,「春」爲十八「諄」韻,眞諄臻同用,又因符合七絕平起條件,故爲七言絕句。

六、〈裴航〉中〈贈樊夫人詩〉

〔註3〕《韻鏡》收錄在《等韻五種》,臺北:藝文印書館,民國90年4月初版六刷,頁62至63。

〈裴航〉裴航詩的韻腳是「屏」、「雲」，依《廣韻》「屏」為十五「青」韻，「雲」為二十「文」韻，又《詩韻》：真古通庚青蒸轉文元，因符合七絕平起條件，故為七言絕句。

七、〈趙合〉中〈五原夜吟〉

李氏詩的韻腳是「稀」、「依」、「飛」，依《廣韻》同為八「微」韻，又因符合七絕平起條件，故為七言絕句。

八、〈曾季衡〉中〈與曾季衡冥會詩〉（麗真留別）

王麗真詩的韻腳是「越」、「竭」、「月」，依《廣韻》同為十「月」韻，又因符合七絕平起條件，故為七言絕句。

九、〈鄭德璘〉中〈與鄭德璘奇遇詩〉（德璘弔韋氏（「洞庭風軟荻花秋」詩））

〈與鄭德璘奇遇詩〉（德璘弔韋氏（「洞庭風軟荻花秋」詩））韻腳是「秋」、「愁」、「鷗」，依《廣韻》「秋」、「愁」同為十八「尤」韻，「鷗」為十九「侯」韻，尤侯幽同用，又因符合七絕平起條件，故為七言絕句。

十、〈文簫〉中〈歌〉

吳彩鸞歌詞的韻腳是「壇」、「鸞」、「寒」，依《廣韻》「壇」、「寒」同為二十五「寒」韻，「鸞」為二十六「桓」韻，寒桓同用，又因符合七絕平起條件，故為七言絕句。

十一、〈許棲巖〉中〈翫月詩〉（元君）

太一元君詩的韻腳是「端」、「寬」、「寒」，依《廣韻》「端」、「寬」同為二十六「桓」韻，「寒」為二十五「寒」韻，寒桓同用，又因符合七絕平起條件，故為七言絕句。

十二、〈張雲容〉中〈與薛昭合婚詩〉（鳳臺歌送薛昭雲容酒、雲容和）

蕭鳳臺詩的韻腳是「幽」、「秋」、「愁」，依《廣韻》「秋」、「愁」同為十八「尤」韻，「幽」為二十「幽」韻，尤侯幽同用，又因符合七絕平起條件，故為七言絕句。張雲容詩的韻腳是「塵」、「神」、「春」，依《廣韻》「塵」、「神」同為十七「真」韻，「春」為十八「諄」韻，真諄臻同用，又因符合七絕平起條件，故為七言絕句。

十三、〈姚坤〉中〈夭桃詩〉

夭桃詩的韻腳是「間」、「顏」、「鬟」，依《廣韻》「顏」、「鬟」同為二十七「刪」韻，「間」為二十八「山」韻，刪山同用，又因符合七絕平起條件，故為七言絕句。

第三節　五言絕句

　　五言平起的條件是：○平○仄○，○仄○平◎。○仄○平○，○平○仄◎。其中「○」代表平仄不限，「◎」代表必須押韻，還有句中忌犯孤平，及句尾忌三平，才是五絕平起，如：〈窅茵〉中〈二斑與窅茵賦詩〉（斑特賦）。五絕仄起的條件是：○仄○平○，○平○仄◎。○平○仄○，○仄○平◎。其中「○」代表平仄不限，「◎」代表平仄不限，但必須押韻，還有句中忌犯孤平，及句尾忌三平，才是五絕仄起，如：〈窅茵〉中〈二斑與窅茵賦詩〉（斑寅賦、斑特賦）兩首詩。

一、〈窅茵〉中〈二斑與窅茵賦詩〉（斑寅賦、斑特賦）

　　斑寅詩的韻腳是「蹲」、「琨」，依《廣韻》同為二十三「魂」韻，又因符合五絕仄起條件，故為五言絕句。斑特詩的韻腳是「丁」、「溟」，依《廣韻》同為十五「青」韻，又因符合五絕平起條件，故為五言絕句。

第四節　不合平仄

　　詩不合平仄是因為犯孤平，或句尾三平，或平仄不符合仄起、平起條件。篇章為：〈窅茵〉中〈二斑與窅茵賦詩〉（窅茵賦）；〈孫恪〉中〈袁長官女詩〉（摘萱草吟）、（題峽山僧壁）；〈崔煒〉中〈和崔侍卿〉、〈題越王臺〉；〈元柳二公〉中〈題玉壺贈元柳二子〉；〈馬拯〉中「寅人但溺欄中水」詩；〈鄭德璘〉中〈與鄭德璘奇遇詩〉（水府君題韋氏巾上）；〈文簫〉中「一斑與二斑」詩；〈顏濬〉中〈與顏濬冥會詩〉（幼芳賦）；〈許棲巖〉中〈翫月詩〉（青城丈人詞東皇命玉女歌之送元君酒、栖巖）；〈張雲容〉中〈與薛昭合婚詩〉（薛昭和），共十篇十三首詩。

一、〈窅茵〉中〈二斑與窅茵賦詩〉（窅茵賦）

　　窅茵詩的韻腳是「高」、「刀」。依《廣韻》「高」、「刀」同為六「豪」韻，因犯孤平，「水」字也不合平仄，所以不符合五絕條件。

二、〈孫恪〉中〈袁長官女詩〉（摘萱草吟）、（題峽山僧壁）

　　〈孫恪〉中〈袁長官女詩〉（摘萱草吟）此首詩的韻腳是「草」、「抱」，依《廣韻》「仙」、「筵」同為三十二「皓」韻，但忘不合平仄，所以不符合五絕條件。〈袁長官女詩〉（題峽山僧壁）的韻腳是「心」、「沉」、「深」，依《廣韻》同為二十一「侵」韻，但犯孤平，所以不符合七絕條件。

三、〈崔煒〉中〈和崔侍卿〉、〈題越王臺〉

〈崔煒〉中〈和崔侍卿〉詩的韻腳是「隅」、「塗」、「珠」，依《廣韻》「隅」、「珠」同爲十「虞」韻，「塗」爲十一「模」韻，虞模同用，但犯兩個孤平，一個句尾三平，且婦、明不合平仄，所以不符合七絕條件。崔侍御詩的韻腳是「老」、「草」、「道」，依《廣韻》同爲三十二「皓」韻，但犯孤平，且墓、年、子、人、踐、官不合平仄，所以不符合七絕條件。

四、〈元柳二公〉中〈題玉壺贈元柳二子〉

〈元柳二公〉中南溟夫人〈題玉壺贈元柳二子〉詩的韻腳是「去」、「語」，依《廣韻》同爲八「語」韻，但句尾犯三平，所以不符合七絕條件。

五、〈馬拯〉中「寅人但溺欄中水」詩

〈馬拯〉中「寅人但溺欄中水」詩的韻腳是「金」、「心」，依《廣韻》同爲二十一「侵」韻，但犯孤平，且去、軍、損字不合平仄，所以不符合七絕條件。

六、〈鄭德璘〉中〈與鄭德璘奇遇詩〉（水府君題韋氏巾上）

老叟詩的韻腳是「人」、「春」、「璘」，依《廣韻》「春」爲十八「諄」韻，「璘」爲十七「眞」韻，但句尾犯三平，所以不符合七絕條件。

七、〈文簫〉中「一班與二班」詩

詩的韻腳是「班」、「山」、「還」，依《廣韻》「班」、「還」同爲二十七「刪」，「山」爲二十八「山」韻，但犯孤平，所以不符合五絕條件。

八、〈顏濬〉中〈與顏濬冥會詩〉（幼芳賦）

趙幼芳詩的韻腳是「娥」、「何」、「波」，依《廣韻》「娥」、「何」同爲七「歌」韻，「波」爲八「戈」韻，歌戈同用，但圓、翠、華、豔、朝、有、江、舊、人、作不合平仄，所以不符合七絕條件。

九、〈許棲巖〉中〈翫月詩〉（青城丈人詞東皇命玉女歌之送元君之酒、栖巖）

〈翫月詩〉（青城丈人詞東皇命玉女歌之送元君之酒）詩的韻腳是「乳」、「舞」、「縷」，依《廣韻》同爲九「虞」韻，但人、處不合平仄，所以不符合七絕條件。許棲巖詩的韻腳是「洲」、「遊」、「秋」，依《廣韻》同爲十八「尤」韻，但「霄」字不合平仄，所以不符合七絕條件。

十、〈張雲容〉中〈與薛昭合婚詩〉（薛昭和）

薛昭詩的韻腳是「人」、「塵」、「春」，依《廣韻》「人」、「塵」同爲十七「眞」韻，「春」爲十八「諄」韻，眞諄臻同用，因犯孤平，所以不符合七絕條件。

　　歸納裴鉶寫詩用字情況：常出現「雲」字，如：〈蕭曠〉、〈審雨〉、〈韋自東〉……等十四篇共十八首詩；常出現「玉」字，如：〈蕭曠〉、〈曾季衡〉、〈元柳二公〉……等九篇十五首詩；常出現「花」字，如：〈曾季衡〉、〈元柳二公〉、〈顏濬〉……等九篇共十三首詩；常出現「蓬」字，如：〈韋自東〉、〈張雲容〉、〈崑崙奴〉、〈封陟〉、〈趙合〉五篇共六首詩；常出現「珠」字，如：〈蕭曠〉、〈曾季衡〉、〈崑崙奴〉、〈鄭德璘〉、〈崔煒〉五篇共六首詩；常出現「淚」字，如：〈蕭曠〉、〈曾季衡〉、〈封陟〉、〈鄭德璘〉四篇共五首詩；常出現「華」字，如：〈封陟〉、〈張雲容〉、〈姚坤〉三篇共五首詩；還有其他常出現的如：「月」、「愁」、「春」、「秋」、「山」、「清」……等字。歸納裴鉶寫詩用字情況，可以探知裴鉶作詩用字偏好，及該用字又與哪些字結合成詞，新詞在整首詩又有什麼意義。

　　歸納裴鉶寫詩用韻情況為：真諄臻同用四首、山刪同用三首、先仙同用三首、微：古通支三首、虞模同用二首、尤侯幽同用二首、寒桓同用二首、歌戈同用、支脂之同用、紙旨止同用、庚耕清同用各一首；此外，以豪、寒、微、麻、尤、皓、侵韻為韻腳的詩各有二首。

　　若以《王韻》來說（詳見附錄七：《傳奇》詩韻分析表），裴鉶寫詩用韻情況為：虞模同用、青清庚文同用、支之微同用、先仙同用、旨止同用、尤侯幽同用、佳麻同用、山刪寒翰同用，還有歌（哥）戈不分、真諄不分、寒桓不分的現象。在此《王韻》與《廣韻》、《詩韻》、《韻鏡》的差異有：支之微同用、佳麻同用；戈、諄、桓韻在宋韻時已被獨立出來的現象。歸納裴鉶寫詩用韻情況，除了可以探知裴鉶作詩用韻偏好外，該用韻也正適時表達《傳奇》人物心境或其他暗示。

　　《傳奇》中的詩，以七言絕句為多數，五言絕句為少數，律詩則完全不見蹤跡。七言絕句中又以仄起為多數，平起為少數。這可能是裴鉶考慮小說的篇幅，故多用絕句型式表達。

　　《傳奇》中的詩，若該篇有兩首以上的詩，則常會有一首仄（平）起，另一首平（仄）起。如：〈蕭曠〉中〈與蕭曠冥會詩〉（甄后留別蕭曠、織綃女詩），分別為七絕仄起、七絕平起；〈審雨〉中〈二班與審雨賦詩〉（斑寅賦、斑特賦），分別為五絕仄起、五絕平起；〈陶尹二君〉中〈吟〉二首，分別為七絕仄起、七絕平起；〈封陟〉中〈贈封陟〉、〈再贈〉、〈留別〉三首，分別為七絕平起、七絕仄起、七絕平起；〈裴航〉中〈贈樊夫人詩〉、〈樊夫人答裴航〉，分別為七絕平起、七絕仄起；〈曾季衡〉中〈與曾季衡冥會詩〉二首，分別為七絕平起、七絕仄起；〈鄭德璘〉中〈與鄭德璘奇遇詩〉（德璘弔韋氏）二首，分別為七絕仄起、七絕平起；〈張雲容〉中〈與薛昭合婚詩〉（鳳臺、蘭翹歌送薛昭雲容酒、雲容和）三首，分別為七絕平起、七絕

仄起、七絕平起。

《傳奇》中的詩，若該篇有兩首以上的詩，全篇為仄起或平起的有：〈崑崙奴〉中「誤到蓬山頂上游」詩、〈憶崔生〉二首均為七絕仄起；〈張無頗〉中〈寄張無頗〉二首均為七絕仄起；〈顏濬〉中除了〈與顏濬冥會詩〉（幼芳賦）詩不合平仄外，其他〈與顏濬冥會詩〉（麗華賦、貴嬪賦、濬詩）三首均為七絕仄起。若該篇有兩首以上的詩，全篇都不合平仄的有：〈孫恪〉中〈袁長官女詩〉（摘萱草吟）、〈題峽山僧壁〉二首均不合平仄；〈崔煒〉中〈和崔侍卿〉、〈題越王臺〉二首均不合平仄。吟〈袁長官女詩〉的是袁氏，她原是猿類，所以不受詩的平仄規範，這是可以理解。而吟〈和崔侍卿〉的是神仙南越王，吟〈題越王臺〉的是崔侍御，他是崔煒先人，崔煒是貞元時的人，所以崔侍御是更早的人，兩首不合平仄是因為南越王是神仙，崔侍御是比貞元時期更早的人，所以很可能寫詩的當時不受詩的平仄規範。

〈崑崙奴〉中「誤到蓬山頂上游」詩、〈憶崔生〉二首均為七絕仄起，這是因為崔生與紅綃是分別在兩處吟詩，兩人吟詩都互相不知道對方的詩。寫〈寄張無頗〉是王女，她是個仙女，寫兩首都是七絕仄起的詩，已經算是神仙中屬一屬二的厲害角色，因為還有其他仙人寫詩不合平仄的，如南溟夫人〈題玉壺贈元柳二子〉、南越王〈和崔侍卿〉、寶頭盧「寅人但溺欄中水」詩、〈與鄭德璘奇遇詩〉（水府君題韋氏巾上）、吳彩鸞「一班與兩班」詩、〈翫月詩〉（青城丈人詞東皇命玉女歌之送元君之酒）、許棲巖〈翫月詩〉（栖巖）、薛昭〈與薛昭合婚詩〉（薛昭和）等八位神仙八首詩。〈顏濬〉中除了〈與顏濬冥會詩〉（幼芳賦）不合平仄外，其他三首詩都是七絕仄起，吟〈與顏濬冥會詩〉（幼芳賦）的是趙幼芳，小說說她是個侍女，所以安排她寫詩不合平仄是有貶意的：一方面貶她是個侍女，一方面貶她以身護楊廣。

八位神仙的八首詩不合平仄，佔所有神仙吟詩中，不符合平仄的比率將近一半。神仙們寫詩約半數不符合平仄，可以歸咎於不受繁文縟節規範。而其他神仙如：洛浦神女〈與蕭曠冥會詩〉（甄后留別蕭曠）、織綃娘子〈與蕭曠冥會詩〉（織綃女詩）、古丈夫與毛女的〈吟〉二首、上元夫人〈贈封陟〉、〈再贈〉、〈留別〉、樊夫人〈樊夫人答裴航〉、王女〈寄張無頗〉二首、吳彩鸞〈歌〉、東皇〈翫月詩〉（東皇）、元君〈翫月詩〉（元君）、張雲容〈與薛昭合婚詩〉（雲容和），十一位神仙十四首詩都符合平仄，這就難能可貴了。

第五章 《傳奇》詩中的修辭技巧

　　裴鉶安排人物吟詠詩歌，使用了哪些修辭格技巧？若將詩歌當作語句，又使用了哪些篇章修辭技巧？詩歌對小說人物形象的刻劃，應有其作用；是否詩歌的運用，能契合故事背景、人物心理？抑或只是炫耀詩才罷了？對小說情節的推展與人物形象，毫無助益？故本章欲對《傳奇》詩歌中修辭技巧做一探討，以呈現裴鉶在傳奇小說上修辭技巧之優劣。

　　《傳奇》詩中所使用之修辭格技巧有對偶、引用、雙關、層遞四種。

　　第一節先討論某種修辭格的定義、種類，再舉《傳奇》詩之例說明。修辭格的定義、種類，參考沈謙《語言修辭藝術》〔註1〕，張志公、劉蘭英、孫全洲校訂《語法與修辭》〔註2〕，蔡謀芳《修辭格教本》〔註3〕，黃慶萱《修辭學》〔註4〕等說法。有時《傳奇》某種修辭格之例不到三例，將全部列出；有時甚至沒有該種修辭格，則不予討論；若出現較多的修辭格篇章，則最多以三例說明。

　　《傳奇》詩中所使用之篇章修辭技巧，有刻劃人物形象、出場詩、既總結前文，又承啓後文、總結全篇四種。

　　第二節先爲篇章修辭技巧下定義，再舉《傳奇》詩之例來證明。

第一節　修辭格技巧

一、對　偶

〔註1〕沈謙，《語言修辭藝術》，北京：中國友誼出版公司，1998年1月初版北京初刷。
〔註2〕張志公、劉蘭英、孫全洲校訂，《語法與修辭》，臺北：新學識文教出版中心，2002年元月三版。
〔註3〕蔡謀芳，《修辭格教本》，臺北：臺灣學生書局，2003年9月初版。
〔註4〕黃慶萱，《修辭學》，臺北：三民書局，民國88年8月增訂九版。

　　修辭學上將詞性相同、字數相當、意義相關的成對句子，稱為對偶。對偶依句子的形式分成當句對、單句對、隔句對。當句對是同一句的前後兩個短句互相對偶。單句對是前後兩句的詞性相同、字數相當、意義相關。隔句對是第一句與第三句；第二句與第四句詞性相同、字數相當、意義相關。《傳奇》詩中只有九篇使用對偶的修辭技巧（以下皆詳見附錄八：《傳奇》詩修辭表、附錄九：歸納《傳奇》詩修辭表），只有使用當句對、單句對的修辭技巧。

（一）當句對

　　當句對是同一句的前後兩個短句互相對偶，這是最短的對偶。

　　《傳奇》詩中的當句對如：

　　　彼見是忘憂，此看同腐草。青山與白雲，方展我懷抱。〔註5〕

　　　誰知古是與今非，閒躡青霞遠翠微，簫管秦樓應寂寂，綵雲空惹薜蘿衣。

　　〔註6〕

　　　五原分袂真吳越，燕折鶯離芳草竭。年少煙花處處春，北邙空恨清秋月。

　　〔註7〕

在〈孫恪〉中，袁氏摘了庭院的萱草後，吟了此首〈摘萱草吟〉，詩中的「青山」、「白雲」，因為是同一句的前後兩個短句互相對偶，故為當句對。

　　在〈陶尹二君〉中，毛女與古丈夫即將和陶尹二君分開時，毛女詩中的「古是」、「今非」，因為是同一句的前後兩個短句互相對偶，故為當句對。

　　在〈曾季衡〉中，王麗真與曾季衡即將分開時，王麗真詩中的「燕折」、「鶯離」提到燕子、鶯鳥都分開，因為是同一句的前後兩個短句互相對偶，故為當句對。

（二）單句對

　　單句對是前後兩句互相對偶。《傳奇》詩中的單句對如：

　　　曉讀雲水靜，夜吟山月高。焉能履虎尾，豈用學牛刀。〔註8〕

　　　來從一葉舟中來，去向百花橋上去。若到人間扣玉壺，鴛鴦自解分明語。

　　〔註9〕

〔註5〕（宋）李昉等奉敕撰，《太平廣記·孫恪》，第九冊，卷四百四十五，臺北：新興書局，民國47年4月初版，頁3328。

〔註6〕（宋）李昉等奉敕撰，《太平廣記·陶尹二君》，同註5，第一冊，卷四十，頁272。

〔註7〕（宋）李昉等奉敕撰，《太平廣記·曾季衡》，同註5，第七冊，卷三百四十七，頁2544。

〔註8〕（宋）李昉等奉敕撰，《太平廣記·甯茵》，同註5，第九冊，卷四百三十四，頁3233。

〔註9〕（宋）李昉等奉敕撰，《太平廣記·元柳二公》，同註5，第一冊，卷二十五，頁189。

弄玉有夫皆得道，劉剛兼室盡登仙。君能仔細窺朝露，須逐雲車拜洞天。

〔註10〕

在〈窅茵〉中，窅茵提議賦詩，隨後吟〈二斑與窅茵賦詩〉（窅茵賦），其中「曉讀雲水靜」對「夜吟山月高」，因上下兩句詞性相同、字數相當，故爲單句對。

在〈元柳二公〉中，南溟夫人將詩題在玉壺上，詩意爲：你們是坐一葉漂舟而來，離開時要走百花橋。其中「來從一葉舟中來」對「去向百花橋上去」，因上下兩句詞性相同、字數相當，故爲單句對。

在〈封陟〉中，上元夫人第二次來到封陟住所，再次請求與封陟匹配，封陟拒絕，上元夫人留下〈再贈〉詩，希望封陟可以回心轉意。其中「弄玉有夫皆得道」對「劉剛兼室盡登仙」，因上下兩句詞性相同、字數相當，故爲單句對。

對偶因詞性相同、字數相當、意義相關，所以便於朗誦。從《傳奇》詩的對偶，如〈窅茵〉、〈孫恪〉、〈陶尹二君〉、〈封陟〉、〈曾季衡〉、〈崔煒〉、〈元柳二公〉、〈鄭德璘〉、〈文簫〉等例來看，的確有這種便於朗誦的現象。

二、引　用

有時作者要表達一個看法，又不能強迫讀者接受，這時就可以適時的引用前人說過的箴言，做爲佐證。修辭學把援引用別人的話或典故，稱爲引用。引用依引用方式的明顯與否分爲明引、暗引。明引是明白指出別人的話或典故。暗引是將別人的話或典故暗暗地融入自己的文章中。《傳奇》詩中有六篇使用引用的修辭技巧，這六篇都是暗引。

《傳奇》詩中的暗引如：

纖綃泉底少歡娛，更勸蕭郎盡酒壺。愁見玉琴彈別鶴，又將清淚滴珍珠。

〔註11〕

深洞鸎啼恨阮郎，偷來花下解珠璫。碧雲飄斷音書絕，空倚玉簫愁鳳凰。

〔註12〕

纖手垂鈎對水窗，紅蕖秋色豔長江。既能解佩投交甫，更有明珠乞一雙。

〔註13〕

〔註10〕 （宋）李昉等奉敕撰，《太平廣記・封陟》，同註5，第二冊，卷六十八，頁447。
〔註11〕 （宋）李昉等奉敕撰，《太平廣記・蕭曠》，同註5，第七冊，卷三百十一，頁2291。
〔註12〕 （宋）李昉等奉敕撰，《太平廣記・崑崙奴》，同註5，第四冊，卷一百九十四，頁1383。
〔註13〕 （宋）李昉等奉敕撰，《太平廣記・鄭德璘》，同註5，第三冊，卷一百五十二，頁1057。

在〈蕭曠〉中，織綃女詩提到「別鶴」，在《古今注・卷下・別鶴操》記載：別鶴操是商陵牧子所作，他娶妻五年而無子，家人要他改娶，妻子聽說這件事，夜晚時悲嘯，牧子聽了很難過，就彈琴唱歌，後人就把牧子所彈的當作樂章。因將「別鶴」的典故暗暗地融入詩裡，故為暗引。織綃女詩的內容有悲其離別後，不能再相見之意，加上用了「別鶴操」這個悲愴的樂章，這樣描述自己的悲傷就更清楚了。

在〈崑崙奴〉中，紅綃的〈憶崔生〉提到「空倚玉簫愁鳳凰」，在《太平廣記・卷四・蕭史》記載：蕭史是善於吹簫的仙人，秦穆公把女兒弄玉嫁給他，他就教弄玉吹出凰的聲音，十幾年後，就把鳳凰引來和他們同住，後來他和弄玉各騎著龍、鳳昇天而去。因將〈蕭史〉的典故暗暗地融入詩裡，故為暗引。紅綃詩中有等待之意。因為等待的心情不容易描述，故用了〈蕭史〉的典故，描述蕭史與弄玉等待了十幾年後，最後才等到龍和鳳帶他們昇天，這就把等待心情用實際的故事描繪出來，這樣的等待心情就具體化了。

在〈鄭德璘〉中，鄭德璘寫給韋氏關於男女之間的戀情詩，提到「既能解珮投交甫，更有明珠乞一雙」，在《太平廣記・卷五十九・江妃》記載：鄭交甫常遊於漢江，有次見到江妃二女，她們都佩載大如雞卵的明珠，鄭交甫愛慕她們，就向她們祈求明珠來當作定情物，她們答應了，但是後來明珠與美女都不見了。作者說這是她們的自我防衛。因將〈江妃〉的典故暗暗地融入詩裡，故為暗引。鄭德璘詩中描寫他愛慕韋氏，就像鄭交甫愛慕江妃二女一樣，也希望能向韋氏乞求定情物，又因鄭交甫被江妃二女拒絕，所以用〈江妃〉的典故，來描述自己愛慕韋氏既期待又怕遭受拒絕的心情，也顯得恰到好處。此外，鄭德璘與鄭交甫同姓，也可能是裴鉶的有意安排。

「引用」在《傳奇》詩裡有及時雨的效果，能與詩的內容相符，引用典故時，也能與上下文配合一氣呵成。如〈蕭曠〉織綃女詩中引《古今注》引用「別鶴操」典故；如〈審茵〉二斑詩中引《莊子》、《前漢書》、《晉書》的典故；如〈崑崙奴〉紅綃詩中引〈蕭史〉的典故；如〈封陟〉上元夫人詩中引〈蕭史〉、〈樊夫人〉的典故；如〈鄭德璘〉愛慕韋氏詩中引〈江妃〉的典故；如〈顏濬〉張貴妃詩引《建康實錄》的典故。

《傳奇》詩中的引用，常引用史書的典故，如引用《前漢書》、《晉書》、《建康實錄》，也常引用文學作品的典故，如引用《列仙傳》、《神仙傳》（後收錄在《太平廣記》），如蕭史、江妃二女、樊夫人等。

三、雙　關

雙關是一句話牽涉到兩個方面，表面上說的是一回事，實際上說的是另一回事。

從語音或語義來分，共分為兩種，一為諧音雙關，該語音與實際上要表達的另一語音為同音、近音的關係；二為語義雙關，即一句話包含了兩種意思，也就是表面說的與實際要表達的分別是兩回事。《傳奇》詩中有二篇（共三首）使用雙關的修辭技巧，且兩種雙關類型都有。

（一）諧音雙關

諧音雙關，是該語音與實際上要表達的另一語音為同音、近音的關係。

《傳奇》詩中的諧音雙關如：

蕭管清吟怨麗華，秋江寒月倚窗斜。慙非後主題牋客，得見臨春閣上花。

〔註14〕

在〈顏濬〉中，顏濬詩：怨「麗華」，詩表面埋怨美麗的花，實際上「麗華」即為張貴妃之名，麗華與麗華同音，所以是諧音雙關。作者故意用「麗華」，暗指張貴妃，這就是諧音雙關的修辭技巧。附帶一提的是，在〈孫恪〉中，人名袁氏，實際上是猿變成的，因為袁與猿同音，故亦為諧音雙關。

（二）語義雙關

語義雙關，即一句話包含了兩種意思，也就是表面說的與實際要表達的分別是兩回事。

《傳奇》詩中的語義雙關如：

寅人但溺欄中水，午子須分艮畔金。若教特進重張弩，過去將軍必損心。

〔註15〕

秋草荒臺響夜蛩，白楊聲盡滅悲風。綵牋曾擘欺江摠，綺閣塵清玉樹空。

〔註16〕

在〈馬拯〉中，貪頭盧詩：「寅人」、「特進」，表面說的是寅人和人名特進，但實際上暗指老虎和牛進，寅實為虎，因為地支子丑寅，恰與生肖鼠牛虎相對，而特是公牛的意思，因為寅包含了寅、虎兩種意思，特包含了特、牛兩種意思，故為語義雙關。附帶一提的是，在〈審茵〉中，人名斑特、斑寅，實際上是牛、虎的妖怪變成的，斑特實為牛，斑寅實為虎，此與〈馬拯〉的寅人與老虎，特進與牛進相同；因為寅包括寅、虎兩種意思，特包含了特、牛兩種意思，故也為語義雙關。

〔註14〕 李昉等編，《太平廣記‧顏濬》，第七冊，卷三百五十，北京：中華書局，2003 年 6 月北京第七次印刷，頁 2772。

〔註15〕 （宋）李昉等奉敕撰，《太平廣記‧馬拯》，同註5，第九冊，卷四百三十，頁 3205。

〔註16〕 李昉等編，《太平廣記‧顏濬》，同註14，第七冊，卷三百五十，頁 2772。

在〈顏濬〉中，張貴妃詩：「玉樹」，表面說的是美玉做成的樹，但因爲張麗華是陳後主的貴妃，詩又提到後主修建的結綺閣，再加上後主曾寫〈玉樹後庭花〉，所以這裡的「玉樹」實際上暗指陳後主，因爲玉樹包含了玉樹、陳後主兩種意思，故爲語義雙關。

雙關因爲是一句話牽涉到兩個方面，所以必須從詩前後作者所暗示的線索，才能得知該句話是否雙關，雙關又牽涉到哪兩個方面。如〈顏濬〉詩中的麗華，用諧音的方式暗指張貴妃，〈馬拯〉詩中的寅人包括寅和虎兩個意思，特進即指牛進，〈顏濬〉詩中的玉樹，包含玉樹、陳後主兩個意思，此三首詩，因爲作者所暗示的線索都十分明顯的，所以就能輕易地發現詩有使用到雙關的修辭技巧。

四、層　遞

層遞是將文章中的大小、輕重、本末、先後等一定的比例，依序層層排列的修辭方法。依排列方式的遞升與遞降分成前進式層遞、後退式層遞。前進式層遞是將文章中由輕到重、由淺到深、由低到高、由小到大、從前到後排列起來的層遞。後退式層遞將文章中由重到輕、由高到低、由大到小、從後到前排列起來的層遞。《傳奇》詩中有一篇使用層遞的修辭技巧，該篇使用的是前進式層遞。

《傳奇》詩中的前進式層遞如：

　　來從一葉舟中來，去向百花橋上去。若到人間扣玉壺，鴛鴦自解分明語。
〔註17〕

在〈元柳二公〉中，南溟夫人詩是寫給元柳二公，詩裡提及元徹柳實來到仙島的方式，及兩人離開島後即將發生的事情，因爲敘述從以前、現在到未來的連續事項，或即將發生的事項，依序從前到後排列起來，故爲前進式層遞。

層遞是將文章中的大小、輕重、本末、先後等一定的比例，依序層層排列的修辭方法，如〈元柳二公〉詩中的前進式層遞，是依序排列過去已發生到現在即將發生的事項，所以會進一步想要了解最後將發生什麼事，這就是作者一步步導引讀者進一步閱讀書籍的手法。

《傳奇》詩中有十三篇使用到一至二種的修辭技巧，以使用對偶的篇數最多。

裴鉶在使用對偶、引用、雙關、層遞的修辭技巧時，都能與上下文互相呼應，不會顯得唐突。在使用對偶的修辭技巧時，則成功地讓文章呈現出影像；只是也有純粹爲了達到對仗目的，而寫成的對偶，如〈封陟〉。在使用引用的修辭技巧時，常

〔註17〕　（宋）李昉等奉敕撰，《太平廣記‧元柳二公》，同註5，第一冊，卷二十五，頁189。

引用史書、文學作品的典故，但如〈顏濬〉則有賣弄文墨之感。在使用雙關的修辭技巧時，裴鉶成功地暗示十分明顯的線索。在使用層遞的修辭技巧時，裴鉶成功地吸引讀者繼續往下讀的前進力。

第二節　篇章修辭技巧

主要探討《傳奇》詩在該篇的作用為何，但首先必須剔除賣弄文墨的可有可無詩作，如〈蕭曠〉中〈與蕭曠冥會詩〉（蕭曠答詩）；〈審茵〉中〈二斑與審茵賦詩〉三首；〈顏濬〉中〈與顏濬冥會詩〉（麗華賦、貴嬪賦、濬詩）；〈許棲巖〉中〈翫月詩〉四首；〈張雲容〉中〈與薛昭合婚詩〉（薛昭和）等因為賣弄文墨，所以是必須先被剔除的詩作（詳見第三章第二節賣弄才學類）。

以下依詩在該篇所使用的修辭技巧來分類，並參照鄭文貞《篇章修辭學》〔註18〕、崔際銀《詩與唐人小說》〔註19〕等書，將詩分成刻劃人物形象；出場詩；既總結前文，又承啓後文；總結全篇等四類（詳見附錄十：《傳奇》詩作歸納表）。

有些詩可以分兩類，則在一類說明，另一類附註。

一、刻劃人物形象

可以因為人物吟詩的緣故，知道該人物的形象，稱為此首詩在該篇小說有刻劃人物的作用。如〈孫恪〉中〈袁長官女詩〉（摘萱草吟），〈封陟〉中的〈贈封陟〉、〈再贈〉、〈留別〉，和〈張雲容〉中的〈贈張雲容舞〉在該篇小說都有刻劃人物的作用。

（一）〈孫恪〉中袁氏的〈袁長官女詩〉（摘萱草吟）

此首詩在該篇有刻劃人物形象的效果。因為袁氏將常人視為忘憂的萱草看做腐草，而且青山與白雲，才是她所嚮往的地方，由於這首詩的緣故，知道她的性格嚮往著青山、白雲，這就刻劃了她與常人的相異處，故說〈袁長官女詩〉（摘萱草吟）在〈孫恪〉有刻劃人物形象的作用。

〈袁長官女詩〉（摘萱草吟）在〈孫恪〉還有另一個作用，就是袁氏的出場詩，這是因為袁氏一出場詩就吟這首詩的緣故。

（二）〈封陟〉中上元夫人的〈贈封陟〉、〈再贈〉、〈留別〉

此三首詩，在該篇有刻劃人物形象的效果。因為上元夫人的〈贈封陟〉解釋為

〔註18〕 鄭文貞，《篇章修辭學》，福建：廈門大學出版社，1991 年 6 月初版初刷。
〔註19〕 崔際銀，《詩與唐人小說》，天津：天津古籍出版社，2004 年 6 月初版初刷。

何選擇封陟作爲倚靠的對象，並自薦枕席。〈再贈〉用蕭史與弄玉〔註20〕、劉剛與樊夫人的典故〔註21〕，暗示封陟若能與之結連理，必能成仙。一開始就認定封陟是她唯一想要的對象，也一直說服封陟：若能與她結爲連理，必能成仙，所以從她不斷地說服封陟的詩來看，知道她有擇善固執、再接再厲、不畏挫折的形象，故說〈贈封陟〉、〈再贈〉在〈封陟〉有刻劃人物形象的作用。

　　這三首詩在〈封陟〉的第二種作用既總結前文，又承啓後文。因爲上元夫人吟詩前，先要求匹配，封陟拒絕，上元夫人才吟詩，吟詩是爲了讓封陟可以重新考慮來改變決定，但是封陟三次都不動搖決心。因爲上元夫人吟詩的時機在故事進行的中間，故作用既總結前文，又承啓後文。

（三）〈張雲容〉中楊貴妃的〈贈張雲容舞〉

　　此首詩在該篇有刻劃人物形象的效果。因爲張雲容向薛昭介紹自己時，先說自己是楊貴妃的侍女，又吟楊貴妃的〈贈張雲容舞〉爲證，這樣就能讓人因爲楊貴妃之名，加深對張雲容的印象，故說〈贈張雲容舞〉在〈張雲容〉有刻劃人物形象的作用。

　　《傳奇》詩在該篇小說有刻劃人物作用的，內容有〈袁長官女詩〉（摘萱草吟）的詠物詩，〈贈封陟〉、〈再贈〉、〈留別〉的自薦枕席詩，和〈贈張雲容舞〉的讚美詩。

二、出場詩

　　小說人物在一出場時就吟詩，篇章有〈孫恪〉中〈袁長官女詩〉（摘萱草吟）、〈盧涵〉中〈明器婢詩〉、〈韋自東〉中〈太白山魔誑道士詩〉、〈趙合〉中〈五原夜吟〉、〈文蕭〉中〈歌〉，共五篇五首詩。

（一）〈孫恪〉中〈袁長官女詩〉（摘萱草吟），詳見「刻劃人物形象」。

（二）〈盧涵〉中〈明器婢詩〉

　　此首詩在〈盧涵〉的作用，是青衣的出場詩，因爲青衣吟詩的時機，是在她出場贈盧涵酒時。

（三）〈韋自東〉中〈太白山魔誑道士詩〉

　　此首詩在〈韋自東〉的作用爲道士之師的出場詩。因爲道士之師出場時，就吟此首詩，故作用爲出場詩。

〔註20〕　（宋）李昉等奉敕撰，《太平廣記・蕭史》，同註5，第一冊，卷四，頁50至51。
〔註21〕　（宋）李昉等奉敕撰，《太平廣記・樊夫人》，同註5，第二冊，卷六十，頁395至397。

（四）〈趙合〉中〈五原夜吟〉

此首詩在〈趙合〉的作用爲李氏的出場詩。因爲李氏出場時就吟此首詩，故爲出場詩。

（五）〈文簫〉中〈歌〉

此首詩在〈文簫〉的作用爲吳彩鸞的出場詩。因爲她現身時正在唱歌，歌詞就是這首詩，故爲吳彩鸞的出場詩。

《傳奇》中「出場詩」，內容有袁氏的詠萱草詩、有太白山魔誑道士的表明身份詩、有李氏的心願詩、有吳彩鸞追求文簫的婚姻戀情詩。

三、既總結前文，又承啓後文

「既總結前文，又承啓後文」類的詩，定義在小說人物吟詩的時機在故事進行的中間。篇章爲〈崑崙奴〉中「誤到蓬山頂上游」詩與〈憶崔生〉二首；〈封陟〉中〈贈封陟〉、〈再贈〉、〈留別〉；〈裴航〉中〈贈樊夫人詩〉、〈樊夫人答裴航〉；〈崔煒〉中〈題越王臺〉、〈和崔侍卿〉；〈張無頗〉中〈寄張無頗〉二首；〈元柳二公〉中〈題玉壺贈元柳二子〉；〈馬拯〉中「寅人但溺欄中水」詩；〈鄭德璘〉中〈與鄭德璘奇遇詩〉（崔希周秀才拾芙蓉詩、鄭德璘投韋氏詩、德璘弔韋氏二首），共八篇十七首詩。

（一）〈崑崙奴〉中「誤到蓬山頂上游」詩、〈憶崔生〉

這兩首詩在〈崑崙奴〉的作用既總結前文，又承啓後文。因爲崔生吟詩前，紅銷曾餵他吃東西，又給他隱語，崔生返回學院後吟詩，而磨勒也因爲他的這首詩，才爲他解開隱語，並幫助他和紅銷再相見。至於紅銷是在她和崔生約定的時間吟詩，也因爲她的這首詩，崔生和磨勒才現身在她的院所。人物吟兩首詩的時機都是在故事進行的中間，也引導前後情節，故在〈崑崙奴〉的作用既總結前文，又承啓後文。

（二）〈裴航〉中〈贈樊夫人詩〉、〈樊夫人答裴航〉

裴航的〈贈樊夫人詩〉在〈裴航〉的作用既總結前文，又承啓後文。因爲裴航吟詩前，遇到樊夫人，詩是因爲愛慕樊夫人而作，這就總結小說前半段；樊夫人也因爲這首詩得知裴航的愛慕之意，後來才會寫詩拒絕並暗示裴航，這就承啓小說後半段，而且裴航吟詩的時機在故事進行的中間，所以作用既總結前文，又承啓後文。

而樊夫人的〈樊夫人答裴航〉在〈裴航〉的作用亦既總結前文，又承啓後文。因爲裴航吟詩後，樊夫人也因此得知裴航的愛慕之意，後來才會寫詩拒絕並暗示裴航，這就總結小說前半段，又承啓小說後半段。因爲樊夫人吟詩的時機在故事進行的中間，所以作用既總結前文，又承啓後文。若從內容來看，樊夫人詩第四句反駁

裴航「上玉京」的話，此句總結小說前半段；詩前三句說的是即將發生的事情，事情尚未發生，故詩的前三句承啓小說後半段，所以作用仍是既總結前文，又承啓後文。此外，這首詩在該篇還有提示、懸疑的效果。因爲它原是樊夫人拒絕裴航愛慕的詩，但是樊夫人在詩中暗示裴航之妻是雲英，而且可以和雲英一起成仙。裴航讀其詩，不知詩之旨趣。直到於「藍橋」求水喝時，聽到老嫗叫「雲英」拿瓊漿給他，才想起樊夫人暗示。後來裴航求玉杵擣藥，同雲英得道，印證樊夫人詩。因爲樊夫人吟詩時，裴航不知其詩意，等到事情發生時，他才想起此首詩，故說〈樊夫人答裴航〉在〈裴航〉有提示、增加懸疑的效果。

（三）〈崔煒〉中〈題越王臺〉、〈和崔侍卿〉

崔侍御的〈題越王臺〉在〈崔煒〉的作用既總結前文，又承啓後文。因爲崔煒先人吟詩前，看到越王殿臺無人打掃，感嘆而吟詩，而且崔煒先人吟詩的時機在故事進行的中間，故作用爲總結前半段小說，又承啓後半段小說。

南越王的〈和崔侍卿〉在〈崔煒〉的作用亦既總結前文，又承啓後文。因爲崔煒先人吟詩後，越王感激而贈美婦與明珠給崔煒。越王吟詩的時機在故事進行的中間，故作用爲總結前半段小說，又承啓後半段小說。此外，這首詩在該篇也有懸疑的效果。因爲崔煒聽到四個侍女說：要代替皇帝送他美婦與明珠而覺得疑惑，他問四女說，他不曾朝見過皇帝，又不是皇親國戚，爲什麼要送他美婦與明珠？四女回答，因爲他有先人在越王殿臺上寫詩，因而感悟徐紳，使徐紳修緝越王殿臺，皇帝爲了感謝他的先人還寫了繼和詩，且在詩中已透露贈送的原由，崔煒不知道皇帝的詩，四女才寫這首〈和崔侍卿〉給崔煒看。詩的順序用「倒敘法」呈現。因爲先有崔煒先人崔侍御的〈題越王臺〉詩，感悟徐紳而修緝越王殿臺，越王才有繼和詩的產生。但故事爲增加懸疑性，先寫出皇帝之繼和詩，等到崔煒回到人間後，才知道先人詩作；並由四女與崔煒的對話留下許多疑點，如：讓皇帝寫繼和詩爲崔煒的哪位先人、皇帝原何姓字、羊城在哪、鮑姑爲誰、何以稱她爲玉京子等，而這幾項疑點在後來的故事發展都一一得到解答，故說〈和崔侍卿〉在〈崔煒〉有懸疑的效果。

（四）〈元柳二公〉中的〈題玉壺贈元柳二子〉

此首詩在〈元柳二公〉有既總結前文，又承啓後文的作用。因爲在南溟夫人吟詩前，元柳二公一直要求返回人世，南溟夫人吟詩後，他們帶著玉壺返人間，因爲南溟夫人吟詩的時機在故事進行的中間，故作用既總結前文，又承啓後文。若從內容來看，詩第一句說的是元徹柳實二人初來該島的方式，此句總結小說前半段；詩第二句之後說的是兩人離開島之後將發生的事情，事情尚未發生，故詩的後三句承

啓小說後半段，故作用總結前文，又承啓後文。此外，這首詩在該篇還有提示、增加懸疑的效果。因爲南溟夫人將詩題在玉壺上，讓元柳二公回到人間還可以藉由玉壺看到這首詩，故有提示的效果。又因爲詩中還暗示，歸家時若有事可扣玉壺，自然會有鴛鴦解決難題，元柳二公原先也不知道詩之旨趣，問了送他們回人間的水仙使者才知道，後來他們準備回衡山，到半途扣壺，果然有鴛鴦替他們解決飢餓難題，故說〈題玉壺贈元柳二子〉在〈元柳二公〉有提示、增加懸疑的效果。

（五）〈馬拯〉中的「寅人但溺欄中水」詩

此首詩在〈馬拯〉有既總結前文，又承啓後文的作用。因爲寅頭盧吟詩前，馬沼山人與馬拯焚香祝禱，寅頭盧吟詩，吟詩後，二人才從詩的線索知道如何對抗老虎。寅頭盧吟詩的時機在故事進行的中間詩，故作用既總結前文，又承啓後文。若從詩句來說，詩第一句說的是對眼前的難題所採取的方法，此句總結小說前半段；詩後三句說的是兩人將虎溺斃後發生的事情，事情尚未發生，故詩的後三句承啓小說後半段。此外，這首詩在該篇還有懸疑的效果。因爲馬沼山人與馬拯在極度恐懼的情況下對寅頭盧焚香祝禱，寅頭盧吟詩後，二馬當下只解出詩的前兩句，但詩的後兩句未解，也就是詩只解除兩人一半的恐懼，這就增加故事的懸疑性，讓人想知道他們何時才會理解出詩意，等他們遇到獵人牛進後，才解出詩的後兩句，故說「寅人但溺欄中水」詩在〈馬拯〉有懸疑的效果。

（六）〈張無頗〉中〈寄張無頗〉

此二首詩在〈張無頗〉的作用既總結前文，又承啓後文。因爲這兩首詩出現在張無頗與王女見面後月餘，此時作用爲總結前半段小說；詩出現後，廣利王再度宣張無頗入宮，此時作用爲承啓後半段小說。因爲王女吟詩的時機在故事進行的中間，故作用既總結前文，又承啓後文。

（七）〈鄭德璘〉中〈與鄭德璘奇遇詩〉（崔希周秀才拾芙蓉詩、鄭德璘投韋氏詩、 德璘弔韋氏二首）

〈與鄭德璘奇遇詩〉（崔希周秀才拾芙蓉詩）若以最早出現的時間點來論，則它在〈鄭德璘〉的作用既總結前文，又承啓後文。因爲吟詩前，韋氏女與鄰舟女正在話家常，聽到秀才吟詩，由鄰舟女寫下，再由韋氏輾轉交給鄭德璘，鄭德璘在韋氏遇難後，才能順理成張地寫弔江姝詩。秀才吟詩的時機在故事進行的中間，故作用既總結前文，又承啓後文。但此首詩若以最晚出現的時間點來論，則它在〈鄭德璘〉的作用就是總結全篇了。因爲詩一開始出現時，誰也不知道是哪位秀才在吟詩，也不知道寫詩的涵義爲何，只是很巧合地被鄰舟女寫下來，再很巧合地由韋氏轉送給

鄭德璘。一直等到鄭德璘做了巴陵縣令，有秀才行卷給他，又很巧合地其中就有這首詩。這時謎底才被揭曉：原本當初吟詩的秀才是崔希周，而當時的吟詩環境是因為有一束芙蓉飄到他的船旁邊，所以才能吟詩。而此時詩在〈鄭德璘〉的作用是總結全篇。

〈與鄭德璘奇遇詩〉（鄭德璘投韋氏詩）是鄭德璘寫給韋氏表達愛意的詩，在〈鄭德璘〉的作用既總結前文，又承啓後文。因為鄭德璘吟詩前，愛慕韋氏，吟詩後，韋氏也回報詩給鄭德璘，鄭德璘吟詩的時機在故事進行的中間，故作用既總結前文，又承啓後文。

〈與鄭德璘奇遇詩〉（德璘弔韋氏）是鄭德璘寫給韋氏表達哀悼的二首詩，在〈鄭德璘〉的作用既總結前文，又承啓後文。因為鄭德璘吟詩前，已先贈詩給韋氏表達愛意，韋氏也回報給鄭德璘詩，隔天，當鄭德璘聽到韋家的船已沈沒時，就寫了弔江姝詩兩首，此兩首詩感動水府君，水府君才將韋氏送還給鄭德璘。鄭德璘吟詩的時機在故事進行的中間，故作用既總結前文，又承啓後文。

〈封陟〉中的〈贈封陟〉、〈再贈〉、〈留別〉，參見「刻劃人物形象」。

《傳奇》中「既總結前文，又承啓後文」之詩，內容有男女之間的戀愛詩，如：〈崑崙奴〉、〈封陟〉、〈裴航〉、〈張無頗〉、〈鄭德璘〉中〈與鄭德璘奇遇詩〉（鄭德璘投韋氏詩）；有〈元柳二公〉的提示詩；有〈崔煒〉和崔侍卿的知恩圖報詩；有〈崔煒〉題越王臺的感嘆詩；有〈馬拯〉的謎語詩；有〈鄭德璘〉中〈與鄭德璘奇遇詩〉（崔希周秀才拾芙蓉詩）的詠芙蓉、和德璘弔韋氏的哭挽詩。其中〈樊夫人答裴航〉、〈和崔侍卿〉、〈題玉壺贈元柳二子〉、「寅人但溺欄中水」詩還有提示、懸疑的效果。

四、總結全篇

「總結全篇」類的詩，定義在：小說人物吟詩的時機在故事即將結束時。篇章為〈蕭曠〉中〈與蕭曠冥會詩〉（甄后留別蕭曠、織綃女詩）；〈孫恪〉中〈袁長官女詩〉（題峽山僧壁）、〈陶尹二君〉中〈吟〉二首、〈曾季衡〉中〈與曾季衡冥會詩〉二首、〈鄭德璘〉中〈與鄭德璘奇遇詩〉（水府君題韋氏巾上、崔希周秀才拾芙蓉詩）、〈文簫〉中「一班與二班」詩、〈顏濬〉中〈與顏濬冥會詩〉（幼芳賦）、〈張雲容〉中〈與薛昭合婚詩〉（鳳臺、蘭翹歌送薛昭雲容酒、雲容和）、〈姚坤〉中〈夭桃詩〉，共九篇十五首詩。

（一）〈蕭曠〉中〈與蕭曠冥會詩〉（甄后留別蕭曠、織綃女詩）

此兩首詩在〈蕭曠〉的作用是總結全篇，因為洛浦神女、織綃娘子與蕭曠在即將告別前吟詩，故作用為總結全篇。若從內容來看，兩首〈與蕭曠冥會詩〉詩意也

圍繞在相聚即將結束，故作用仍爲總結全篇。

（二）〈孫恪〉中〈袁長官女詩〉（題峽山僧壁）

此首詩在〈孫恪〉的作用爲總結全篇。因爲袁氏吟詩的時機在離開人間前，她用這首詩將自己的行爲及離開原因做一交代，因爲人物吟詩的時機在故事即將結束時。故詩的作用是總結全篇。

（三）〈陶尹二君〉中〈吟〉

此二首詩在〈陶尹二君〉的作用爲總結全篇。詩是古丈夫、毛女與陶尹二君告別前所作，因爲人物吟詩的時機在故事即將結束時，故作用爲總結全篇。

（四）〈曾季衡〉中〈與曾季衡冥會詩〉

此兩首詩在〈曾季衡〉的作用爲總結全篇。因爲王麗眞與曾季衡吟詩的時機在即將分開時，而兩人分開的原因是由於曾季衡洩露兩人私會的秘密，因爲人物吟詩的時機在故事即將結束時，故此二首詩在〈曾季衡〉的作用爲總結全篇。

（五）〈鄭德璘〉中〈與鄭德璘奇遇詩〉（水府君題韋氏巾上、崔希周秀才拾芙蓉詩）

〈鄭德璘〉中〈與鄭德璘奇遇詩〉（水府君題韋氏巾上），在〈鄭德璘〉的作用爲總結全篇，因爲老叟吟詩的時機在與鄭德璘告別前，由於人物吟詩的時機在故事即將結束時，故作用爲總結全篇。再者，從內容來看，這首詩是故事即將結束時，老叟藉由韋氏衣巾告訴鄭德璘，他以前之所以喝酒沒有回報，是因爲即將回報韋氏給鄭德璘的緣故，詩除了表明水府君即爲老叟之外，還向鄭德璘告別，故是在離別的情況下完成的作品。是詩置於文章最後，解答所有的疑問，故作用爲總結全篇。

〈鄭德璘〉中〈與鄭德璘奇遇詩〉（崔希周秀才拾芙蓉詩），參見「既總結全文，又承啓後文」。

（六）〈文簫〉中「一班與二班」詩

此首詩在〈文簫〉的作用爲總結全篇，因爲吳彩鸞吟詩的時機在故事即將結束時，由於人物吟詩的時機在故事即將結束時，故作用爲總結全篇。再者，從內容來看，此首詩當視爲是告別之作，向誰告別詩中並無特別明示，可能是向夫婦兩人共訓的童子告別，也可能是向村人、或其他人告別，可以肯定的是，詩中承認自己的錯誤，並勇於接受懲罰，告別只是向世人宣告：不要再費神尋找他們，因爲是告別之作，且置於文章最後，故此詩在〈文簫〉的作用仍爲總結全篇。

（七）〈顏濬〉中〈與顏濬冥會詩〉（幼芳賦）

　　此首詩在〈顏濬〉的作用為總結全篇，因為趙幼芳吟詩的時機在即將與張貴妃、孔貴嬪、顏濬分開時。從小說內容來說，張貴妃、孔貴嬪、趙幼芳、江脩容、何婕妤、袁昭儀等美女，與顏濬的相聚在雞鳴後即將結束，其中四人因此吟詩道別，也分別把相聚的心境寫下，故作用仍為總結全篇。

（八）〈張雲容〉中〈與薛昭合婚詩〉（鳳臺、蘭翹歌送薛昭雲容酒、雲容和）

　　此三首詩在〈張雲容〉的作用為總結全篇，因為蕭鳳臺、劉蘭翹、張雲容吟詩的時機在即將分開時，由於人物吟詩的時機在故事即將結束時，故作用為總結全篇。

（九）〈姚坤〉中〈夭桃詩〉

　　此首詩在〈姚坤〉的作用是總結全篇，因為夭桃吟詩的時機在即將與姚坤分開時，由於人物吟詩的時機在故事即將結束時，故作用為總結全篇。若從內容來說，夭桃即將離開人間，所以用這首詩對自己即將離開人間做一交代，故詩的作用仍是總結全篇。

　　《傳奇》中作用為「總結全篇」之詩，內容有告別之作，如：〈孫恪〉中〈袁長官女詩〉（題峽山僧壁）、〈鄭德璘〉中〈與鄭德璘奇遇詩〉（水府君題韋氏巾上、崔希周秀才拾芙蓉詩）、〈文簫〉中「一班與二班」詩、〈姚坤〉中〈夭桃詩〉；有描寫自己豁達、感嘆、憤恨、後悔、失望、希望、喜悅等心境的，如：〈陶尹二君〉中〈吟〉、〈曾季衡〉中〈與曾季衡冥會詩〉、〈顏濬〉中〈與顏濬冥會詩〉（幼芳賦）、〈張雲容〉中〈與薛昭合婚詩〉（鳳臺、蘭翹歌送薛昭雲容酒、雲容和）。

　　因為《傳奇》中作用為「總結全篇」之詩，定義在小說人物吟詩的時機在故事即將結束時，所以幾乎每一首詩都是在人物即將離別的情況下完成的，如〈與蕭曠冥會詩〉是在洛浦神女、織綃娘子與蕭曠即將分開的情況下完成的；〈袁長官女詩〉（題峽山僧壁）是在袁氏與孫恪即將分開時完成的；〈吟〉是在古丈夫、毛女與陶尹二君即將分開時完成的；〈與曾季衡冥會詩〉是在王麗真與曾季衡即將分開時完成的；〈與鄭德璘奇遇詩〉（水府君題韋氏巾上）是在老叟與鄭德璘即將分開時完成的；〈文簫〉的「一班與二班」詩，是在文簫夫婦與世人告別時完成的；〈與顏濬冥會詩〉（幼芳賦）是在張貴妃、孔貴嬪、趙幼芳、江脩容、何婕妤、袁昭儀與顏濬即將分開時完成的；〈與薛昭合婚詩〉（鳳臺、蘭翹歌送薛昭雲容酒、雲容和）是在蕭鳳臺、劉蘭翹與薛昭、張雲容即將分開時完成的；〈夭桃詩〉是在夭桃與姚坤即將分開時完成的。這裡唯一的例外是〈與鄭德璘奇遇詩〉（崔希周秀才拾芙蓉詩），它並不是在人物即將離別的情況下完成的，這與它在〈鄭德璘〉中有兩種作用相關。

　　《傳奇》詩在使用篇章修辭技巧時，有刻劃人物形象，出場詩，既總結前文，又承啓後文，總結全篇四種作用。

　　因為〈蕭曠〉中〈與蕭曠冥會詩〉（蕭曠答詩）；〈審茵〉中〈二斑與審茵賦詩〉三首；〈顏濬〉中〈與顏濬冥會詩〉（麗華賦、貴嬪賦、濬詩）；〈許棲巖〉中〈翫月詩〉四首；〈張雲容〉中〈與薛昭合婚詩〉（薛昭和）等詩，賣弄文墨的緣故，而且寫作的目的只是炫耀詩才罷了，對小說情節的推展與人物形象，毫無助益，所以這些詩作，在傳奇小說上的修辭技巧是劣等的。

　　裴鉶安排人物吟詠詩歌，除了上述的〈蕭曠〉、〈審茵〉、〈顏濬〉、……等詩為炫耀詩才之外，其他詩歌的運用，都能契合故事背景、人物心理，此對小說情節的推展與人物形象，有極大的助益。故裴鉶在小說修辭技巧上，運用詩歌之成功，使人能融入情境，意會人物的互動與情感。

　　依崔際銀談論詩的作用，除了是人物出場詩，既總結前文，又承啓後文、總結全篇之外〔註22〕，從《傳奇》詩作來看，還可以有兩種作用，如〈孫恪〉中〈袁長官女詩〉（摘萱草吟），有刻劃人物形象，及出場詩兩種作用，所以崔際銀可以擴充詩不只限於一種作用的說法。

　　程毅中說《傳奇》多方面借鑒前人的成果〔註23〕。從《傳奇》詩的修辭技巧來看，程毅中只說對了一半。因為如《傳奇》所使用的引用技巧來說，裴鉶雖然常引用《史記》、前後《漢書》、《晉書》……等史書的典故，也使用《老子》、《列仙傳》、《神仙傳》……等文學作品的典故，這固然是借鑒前人的成果沒錯，但也由此看出：裴鉶將別人的作品，消化並轉換成自己的語言，並將典故以一句話濃縮在故事裡的深厚功力；此外《傳奇》也有啓後，如〈聶隱娘〉、〈裴航〉、〈孫恪〉……等篇，影響後世的戲劇，所以程毅中的說法，因為《傳奇》也有啓後的緣故，所以只說對了一半。

〔註22〕崔際銀，《詩與唐人小說》：「詩歌……就其所處小說中位置的不同，通常具有引發情節事件、實現承轉過渡、結束總結全篇的功能。」，同註19，頁89。

〔註23〕程毅中，《唐代小說史話》：「《傳奇》，……裴鉶多方面地借鑒了前人的成果。」，北京：文化藝術出版社，1990年6月初版一刷，頁250。

第六章　結　論

第一節　《傳奇》之篇章與主題

一、篇　章

本文分析了裴鉶的生平與其作品《傳奇》，並分析、歸納了《傳奇》中的主題思想、詩作與修辭技巧。

裴鉶大概生活在唐宣宗、懿宗、僖宗間。他在大中年間或大中之前，住在黃河、洛水、長安附近。咸通元年，裴鉶初入高駢幕次。五年，裴鉶跟從高駢到安南。十年，跟從高駢到郫州。乾符元年，跟從高駢到成都。五年，爲成都節度副使，加御史大夫（或以御史大夫爲成都節度副使）。

裴鉶寫《傳奇》的動機有二，爲了討好長官高駢的行卷，或只單純記載奇人異事。成書時間至少是從大中年間或大中之前，創作至乾符年間。《傳奇》的故事地點，多發生在長江、黃河流域，南海、海康與交趾等沿海附近。此與裴鉶的生平吻合。

《傳奇》今所見最早版本，是從《太平廣記》輯出，除了《太平廣記》收錄《傳奇》之外，《類說》、《紺珠集》、《古今說海》、《仙鑑》、《仙媛紀事》也收錄《傳奇》。

本文討論《傳奇》包括〈蕭曠〉、〈寗茵〉、〈崑崙奴〉、〈聶隱娘〉、〈孫恪〉、〈周邯〉、〈盧涵〉、〈江叟〉、〈章自東〉、〈陶尹二君〉、〈封陟〉、〈裴航〉、〈趙合〉、〈曾季衡〉、〈崔煒〉、〈張無頗〉、〈蔣武〉、〈陳鸞鳳〉、〈元柳二公〉、〈馬拯〉、〈高昱〉、〈鄭德璘〉、〈文簫〉、〈鄧甲〉、〈顏濬〉、〈許棲巖〉、〈張雲容〉、〈金剛仙〉、〈姚坤〉、〈樊夫人〉、〈虬髯客〉，剔除無詩的〈聶隱娘〉、〈周邯〉、〈江叟〉、〈蔣武〉、〈陳鸞鳳〉、〈高昱〉、〈鄧甲〉、〈金剛仙〉、〈樊夫人〉、〈虬髯客〉十篇，還有二十一篇。

二、主題思想

歸納全書之主題思想有命定、仙道、俠義、報恩、其他類。

主題思想為「命定」類的《傳奇》，是因為小說中有反覆強調的重要關鍵詞，或人物的一語成讖。小說人物對命定之態度，就是裴鉶對宿命的觀點：從一開始的懷疑、不認輸，以至於想要改變命運，到最後毫無異意、完全接受命運；甚至於是用感歎、積極、恭敬、戰戰兢兢的面對宿命。不管小說人物對宿命觀念的態度為何，他們最後都只能按照「命定」的方向前進。

主題思想為「仙道」類的《傳奇》，是因為小說人物最終結局為得道，或是追求仙道未成者。小說人物能得道，是因為有具體的修行方法，加上人物本身的好性格、好遭遇。小說人物追求仙道未成，主要是因為個人性格表裡不一或太過自信，與是否有具體的修行方法或好的遭遇關係不大。

主題思想為「俠義」類的《傳奇》，是因為小說以人物的行俠過程、行俠事實為主。俠客行俠是因為某些人、動物有惡行，所以俠客替人解決難題、替人除害，拯救人民性命。俠客所具備的性格為：察言觀色、積極解決問題、魁梧偉壯，膽氣豪勇、負氣義，不畏鬼神、性沖淡、路見不平，拔刀相助、低調。小說人物在行俠後，並不會危害到自己，他們的結局為大有資產、容顏如舊、返回仙境，或繼續增進武術等。

主題思想為「報恩」類的《傳奇》，是因為小說人物的某些行為或做法，使人或動物受惠，所以得到回報。小說人物具體善行是：幫助老嫗、寫詩感悟徐紳、用錫碰蜘蛛、常買狐兔來放生。人或動物的回報是贈艾、贈明珠、贈美婦、救人的性命、指點脫困、美女自薦枕席。

主題思想為「其他」類的〈審茵〉，在小說反覆賣弄學問；〈孫恪〉中陳述「不違本性」的觀點；〈周邯〉中譴責貪心之人。

《傳奇》的主題，也與裴鉶本身的經歷、道教信仰相符。

第二節 《傳奇》詩的主題、形式與修辭

一、主題思想

《傳奇》詩的主題思想有憂愁寒冷、賣弄才學、自薦枕席、其他類。

若將《傳奇》詩與《傳奇》故事主題做一比較，發現兩者主題思想毫無影響的共有二十首詩，此約佔《傳奇》詩總數的四成，這二十首詩對《傳奇》故事主題及

其發展是毫無助益的，有些如〈翫月詩〉，更是裴鉶炫耀詩才的工具。至於其他的六成詩，對《傳奇》故事主題則有相關、加分和因果等不同和程度的影響，雖然有些如〈二斑與審茵賦詩〉仍是炫耀才學之詩，但多數詩都可從詩意、主題思想了解吟詩人物的內心、性格，這就呈現了裴鉶寫小說與詩相輔相成的功力了。

二、形式結構

裴鉶寫詩用字情況為：常出現「雲」、「玉」、「花」、「蓬」、「珠」、「淚」、「華」、「月」、「愁」、「春」、「秋」、「山」、「清」……等字。若以《廣韻》、《詩韻》、《韻鏡》來說，裴鉶寫詩用韻情況為：使用眞諄臻同用、山刪同用、先仙同用、微：古通支、虞模同用、尤侯幽同用、寒桓同用、歌戈同用、支脂之同用、紙旨止同用、庚耕清同用等。若以《王韻》來說，裴鉶寫詩用韻情況為：虞模同用、青清庚文同用、支之微同用、先仙同用、旨止同用、尤侯幽同用、佳麻同用、山刪寒翰同用，還有歌（哥）戈不分、眞諄不分、寒桓不分的現象。在此《王韻》與《廣韻》、《詩韻》、《韻鏡》的差異有：支之微同用、佳麻同用；戈、諄、桓韻在宋韻時已被獨立出來的現象。

《傳奇》中的詩，以七絕仄起為多數。裴鉶安排人物吟詠詩歌，除了少數幾篇是炫耀詩才之外，其他詩歌的運用，都能契合故事背景、人物心理，不會顯得突兀。除了幾篇無詩作之外，其餘每篇都有一至五首詩，在數量上也恰好不會過多，而有整篇都是詩作之感。

三、修辭技巧

歸納《傳奇》詩使用之修辭格技巧有對偶、引用、雙關、層遞四種。

裴鉶在使用對偶、引用、雙關、層遞的修辭技巧時，都能與上下文互相呼應，不會顯得唐突。在使用對偶的修辭技巧時，則成功地讓文章呈現出影像；只是也有純粹為了達到對仗目的，而寫成的對偶，如〈封陟〉。在使用引用的修辭技巧時，常引用史書、文學作品的典故，但如〈顏濬〉則有賣弄文墨之感。在使用雙關的修辭技巧時，裴鉶成功地暗示十分明顯的線索。在使用層遞的修辭技巧時，裴鉶成功地吸引讀者繼續往下讀的前進力。

歸納《傳奇》詩使用之篇章修辭技巧有刻劃人物形象，出場詩，既總結前文，又承啓後文，總結全篇四種。

《傳奇》中有「刻劃人物作用」之詩，內容有〈袁長官女詩〉（摘萱草吟）的詠物詩，〈贈封陟〉、〈再贈〉、〈留別〉的自薦枕席詩，和〈贈張雲容舞〉的讚美詩。

《傳奇》中「出場詩」，內容有袁氏的詠萱草詩，此首詩因爲將自己嚮往青山白雲的寄托隱藏其中，所以有托物述志的情況；有青衣向盧涵表達的心境寒冷詩，創作此首詩的目的是要避免災禍；有太白山魔誑道士的表明身份詩，創作的目的在騙取信任；有李氏的心願詩，創作的目的是希望能達成回故鄉的心願；有吳彩鸞追求文簫的婚姻戀情詩，創作的目的是向文簫自薦枕席；有楊貴妃對張雲容的讚美詩，創作的目的是要加深人們的印象。

《傳奇》中「既總結前文，又承啓後文」之詩，內容有男女之間的戀愛詩，如：〈崑崙奴〉、〈封陟〉、〈裴航〉、〈張無頗〉、〈鄭德璘〉；有〈元柳二公〉中〈題玉壺贈元柳二子〉的贈別詩；有〈崔煒〉的〈和崔侍卿〉知恩圖報詩；有〈崔煒〉的〈題越王臺〉感嘆詩；有〈馬拯〉中「寅人但溺欄中水」詩的謎語詩；有〈鄭德璘〉中〈與鄭德璘奇遇詩〉（崔希周秀才拾芙蓉詩）的詠芙蓉、和德璘弔韋氏的哭挽詩。其中〈裴航〉的〈樊夫人答裴航〉、〈崔煒〉的〈和崔侍卿〉、〈元柳二公〉的〈題玉壺贈元柳二子〉、〈馬拯〉的「寅人但溺欄中水」詩，還有提示懸疑的效果。

《傳奇》中作用爲「總結全篇」之詩，內容有告別之作，如：〈袁長官女詩〉（題峽山僧壁）、〈鄭德璘〉的〈與鄭德璘奇遇詩〉（水府君題韋氏巾上）、〈文簫〉的「一班與兩班」詩、〈夭桃詩〉；有描寫自己豁達、感嘆、憤恨、後悔、失望、希望、喜悅等心境的，如：〈吟〉、〈與曾季衡冥會詩〉、〈顏濬〉的〈與顏濬冥會詩〉（幼芳賦）、〈張雲容〉的〈與薛昭合婚詩〉（鳳臺、蘭翹歌送薛昭雲容酒、雲容和），而且除了〈與鄭德璘奇遇詩〉（崔希周秀才拾芙蓉詩）之外，每一首詩都是在人物即將離別的情況下完成的。

裴鉶安排人物吟詠詩歌，除了上述的〈蕭曠〉、〈寗茵〉、〈顏濬〉、……等詩爲炫耀詩才之外，其他詩歌的運用，都能契合故事背景、人物心理，此對小說情節的推展與人物形象，有極大的助益。故裴鉶在小說修辭技巧上，運用詩歌之成功，使人能融入情境，意會人物的互動與情感。

裴鉶在使用這些修辭技巧時，因爲詩歌的運用能契合故事背景、人物心理，所以除了賣弄才學的詩之外，其他詩在傳奇小說上的修辭技巧是優秀的。

第三節　未來期許

裴鉶生平資料不多，所以無法很詳細的歸納出：生卒年、哪一年寫詩、寫文章、與實際創作《傳奇》的年表、篇章順序，此部份待進一步考訂。

《傳奇》詩的平仄，因爲《王韻》有印刷不清楚、也有整個韻都殘缺、也有破

損印出空白的部份，所以只能將詩的韻腳寫成韻譜，若要分析詩的平仄，則有實際上的困難。

　　研究《傳奇》詩的心得在於：不管是從詩的作用或修辭的角度切入，最必須把握的就是小說及詩本身。分析詩作時，重要的是分析詩作在該篇作用，這也必須對詩作的意思、出現的時機、創作的目的等因素加以參考，才能正確地分析詩的作用。從修辭角度切入時，首先必須對修辭下定義，再逐字逐句閱讀詩作，並且一再反覆閱讀，才可以不遺漏裴鉶所使用的修辭技巧。

　　侯忠義說《傳奇》大部分反映知識分子的苦悶，這並不公允的。因為小說中的人物對追求的事物，多數都很積極。他們追求並努力達成人生目標，所以在他們身上看到的是積極的態度，而沒有侯忠義反映「知識分子苦悶」這種消極的想法，所以侯忠義的說法並不公允。依崔際銀談論詩的作用，有時依詩出現的時機來說，又可以有兩種作用。程毅中說《傳奇》多方面借鑒前人的成果，從《傳奇》詩的修辭技巧來看，程毅中只說對了一半。因為如《傳奇》所使用的引用技巧來說，裴鉶雖然常引用史書或文學作品的典故，這固然是借鑒前人的成果沒錯，但也由此看出：裴鉶將別人的作品，消化並轉換成自己的語言，並將典故以一句話濃縮在故事裡的深厚功力；此外《傳奇》也有啓後，如〈聶隱娘〉、〈裴航〉、〈孫恪〉……等篇，影響後世的戲劇，所以程毅中的說法，因為《傳奇》也有啓後的緣故，所以只說對了一半。

　　雖然歷來學者只研究少數幾篇《傳奇》，而且沒有人特別研究《傳奇》中的詩，但通過本文，必然可以豐富研究《傳奇》的領域，並讓更多人重新重視，《傳奇》在小說史上的意義、價值。

附 錄

一、文獻收錄表

傳奇次序	傳奇篇名	太平廣記	類 說	紺珠集	古今說海	仙 鑑	仙媛紀事
一	蕭 曠	卷三一一	卷三十二	卷十一	卷二十二		
二	審 茵	卷四三四	卷三十二	卷十一	卷八十		
三	崑崙奴	卷一九四	卷三十二	卷十一	卷二十五		
四	聶隱娘	卷一九四			卷五十六		
五	孫 恪	卷四四五	卷三十二		卷三十三		
六	周 邯	卷四二二	卷三十二				
七	盧 涵	卷三七二	卷三十二				
八	江 叟	卷四一六	卷三十二	卷十一		卷四四第十三	
九	韋自東	卷三五六	卷三十二		卷二十八		
十	陶尹二君	卷四〇	卷三十二	卷二、十一		後集卷二第十二	卷二
十一	封 陟	卷六八	卷三十二	卷十一	卷三十四	後集卷四	卷六
十二	裴 航	卷五〇	卷三十二	卷十一		後集卷四第七	卷四
十三	趙 合	卷三四七			卷二十九		
十四	曾季衡	卷三四七	卷三十二		卷五十八		
十五	崔 煒	卷三四	卷三十二	卷十一	卷五十	後集卷四第八	卷四
十六	張無頗	卷三一〇	卷三十二		卷四十		
十七	蔣 武	卷四四一	卷三十二				

十八	陳鸞鳳	卷三九四					
十九	元柳二公	卷二五	卷三十二	卷十一	卷四十四	卷三十三第十五	
二十	馬拯	卷四三〇					
廿一	高昱	卷四七〇	卷三十二				
廿二	鄭德璘	卷一五二	卷三十二	卷十一	卷二十六	後集卷五第十八	
廿三	文簫		卷三十二	卷十一		後集卷五第十五	卷四
廿四	鄧甲	卷四五八					
廿五	顏濬	卷三五〇	卷三十二		卷三十九		
廿六	許棲巖	卷四七	卷三十二			卷三十二第八	
廿七	張雲容	卷六九	卷三，卷三十二	卷十一	卷六十七	卷三十九第六	卷七
廿八	金剛仙	卷九六		卷十一			
廿九	姚坤	卷四五四					
三十	樊夫人	卷六〇	卷三十二			後集卷四第六	卷三
卅一	虬髯客	卷一九三		卷十一			

附註：「傳奇次序」仍是依王夢鷗《唐人小說研究》的順序，再加上〈樊夫人〉、〈虬髯客〉兩篇。「傳奇篇名」除了〈文簫〉用的是《類說》篇名之外，其餘的都是用《太平廣記》篇名。

《類說》雖收錄〈樊夫人〉，但它並不把〈樊夫人〉列入《傳奇》，所以此表列出其收錄卷數。

《紺珠集》收錄的《傳奇》應有十五篇，因〈楊通幽〉不在《傳奇》討論範圍，所以只有十四篇。

《古今說海》卷數列的是《四庫全書》的卷數。

二、《傳奇》篇目收錄對照表

	王夢鷗《唐人小說研究》	《唐國史補》	汪國垣《唐人小說》	汪辟疆《唐人傳說》	楊家駱《唐人傳奇小說》	柯金木《唐人小說》	周楞伽輯注《裴鉶傳奇》	上海古籍，《唐五代筆記小說大觀》	裴棨《唐宋傳奇總集》
蕭曠	一						二十二	十四	十七
寧茵	二(寗茵)	二十					三十	二十五	二十
崑崙奴	三	七	一	一	一		二	十一	一
聶隱娘	四	八	二	二	二	俠義類	五	十二	三
孫恪	五	二十二		五	五		一	二十七	十四
周邯	六	十六					八	二十二	
盧涵	七	十三					二十七	十九	
江叟	八	十五					二十五	二十一	
韋自東	九	十二		六	六		七	十八	五
陶尹二君	十	二		七	七		二十九	三	
封陟	十一	五					十七	七	十六
裴航	十二	四	三	三	三		十四	五	九
趙合	十三	十一					二十	十六	十二
曾季衡	十四	十					二十一	十五	十八
崔煒	十五	一	四	四	四		四	二	二
張無頗	十六	九					十五	十三	十
蔣武	十七	二十一					十八	二十六	
陳鸞鳳	十八	十四					十二	二十	八
元柳二公	十九						十一	一	七
馬拯	二十	十八					十六	二十三	十一
高昱	二十一	二十四					十三	三十	
鄭德璘	二十二						三	十	十五
文簫	二十三(文蕭)						二十四	三十一	
鄧甲	二十四	二十三					十九	二十九	
顏濬	二十五						二十八	十七	十九
許棲巖	二十六	三					六	四	四
張雲容	二十七						十(薛昭)	八(薛昭)	六
金剛仙	二十八	六					二十六	九	
王居貞	二十九	十九					三十一	二十四	
五台山池	二十九	十七							
姚坤	三十						二十三	二十八	十三
樊夫人							九	六	

金釵玉龜							三十二	
紅拂妓							三十三	
附　註	作品先後以裴鉶生平與對道術興趣之淺深。	按《太平廣記》卷數排列。	此與文史哲、世界書局版本相同，唯字體稍大；收錄篇數較少。	從《太平廣記》錄出數篇，惟〈聶隱娘〉，仍從《太平廣記》，錄入《傳奇》。	此與文史哲出版社的版本相同，頁數亦同。		此為周楞伽的版本。	以《太平廣記》、《歲時廣記》為底本，校以《類說》，并參考周楞伽輯本。〈金釵玉龜〉和〈紅拂妓〉據《四庫全書》本補入。

說明：數字表書中篇序。

三、解析《傳奇》表

篇　名	故事梗概	時　間	地　　點	人　　物	結　局	主　題
蕭　曠	彈琴→甄后至→織綃娘子後至→問答→傳觴敘語→雞鳴→留詩→贈物→遊嵩嶽	太和	洛（洛陽）、孝義館（孝義橋）、洛水、豐城、嵩嶽（嵩山）	蕭曠、洛浦神女、織綃娘子、雙鬟、青衣	蕭曠今遁世不復見	解釋一般世人對仙界的疑問
審　茵	吟咏→處士將軍相訪→下棋飲酒→語紛挐→茵怒→客悚然→賦詩→怒去→視虎跡牛踪→審悟	大中	南山、桃林、新野、玉門關	審茵、斑特處士、斑寅將軍	審茵不居此而歸京	賣弄學問
崑崙奴	初見→紅綃隱語→用計奪人→欲擒→脫逃	大歷中	曹州、曲江、洛陽市	崔生、一品、紅綃妓、崑崙奴磨勒	磨勒賣藥於洛陽市，容顏如舊。	譴責逼良爲妓行爲，獎勵俠士風範
聶隱娘	尼取隱娘→五年而歸→嫁磨鏡少年→魏帥使隱娘賊劉首→服劉→劉覺→慟哭→警告劉子	貞元、元和間、元和八年、開成年（中）	魏博（魏博節）、陳許（陳州、許州）、蜀棧道（蜀縣）、陵州、洛（洛陽）、于闐	魏博大將聶鋒、聶隱娘、尼、二女、磨鏡少年、魏帥、劉昌裔父子、精精兒、妙手空空兒	（劉縱）遇隱娘，貌若當時。……無復有人見聶隱娘	士爲知己服務
孫　恪	初見→結婚→表兄受劍→折劍→歸山	廣德中	洛中、洛京（洛陽）、長安、南康、端州	孫恪、袁氏、青衣、表兄張閒雲、僧惠幽	孫恪惆悵艤舟，六七日，攜二子而迴棹，不復能之任也	不違本性
周　邯	買水精→探水而富→仗劍刦珠→擎攫水精→具牲奠之	貞元中	江陵、瞿塘（瞿塘峽）、江都、相州、八角井	周邯、水精、王澤、土地之神	周邯悲其水精；王澤具牲牢奠之	譴責貪心之人
盧　涵	造莊→與青衣飲→刺血于樽→加鞭及莊→大漢持戟刺小兒→究之→投妖於塹	開成中	洛下（洛陽）、萬安山	盧涵、耿將軍守塋青衣、三歲小兒、家僮及莊客、烏虵、人白骨	盧涵本有風疾，因飲虵酒而愈	命定
江　叟	醉寢→窺訪→奠樹→訪師→贈笛→吹笛→龍贈珠→持丹贖珠→變童顏，水不濡	開成中	永樂縣（永樂）、閺鄉、荊山、岳陽、洞庭（洞庭湖）、衡陽	江叟、大槐、荊山槐、鮑仙師	江叟後居於衡陽，容髮如舊	偶然遇樹神而得道

韋自東	力斃夜叉→道士鍊丹不成	貞元中	太白山、南岳（衡山）	韋自東、段將軍、道士、夜叉、巨虺、一女子、道士之師	韋自東後更有少容，而適南岳，莫知所止；道士亦莫知所之	韋自東對自己太過自信，忘了道士叮嚀，進而失去得道機緣
陶尹二君	陶尹休息→遇見二人→言遭迫害→食木實→習之	大中初	嵩華二峰（嵩山、華山）、芙蓉峰（芙蓉山）、臨洮、驪山	陶太白、尹子虛、秦役夫、毛女（秦宮人）	陶尹二公，今巢居蓮花峰上，顏臉微紅，毛髮盡綠，言語而芳馨滿口，履步而塵埃去身	二君偶然遇古丈夫、毛女而得道
封陟	三次拒絕仙姝→染疾而終→仙姝釋→慟哭昔事	寶歷中	少室（少室山）	封陟、仙姝（上元夫人）、侍衛、使者	封陟後追悔昔日之事，慟哭自咎而已	封陟表裡不一，故與神仙失之交臂
裴航	訪友→與仙同舟→愛慕遭拒→搗玄霜→成仙→遇友說得道之事	長慶中、太和中	鄂渚（鄂州）、京（長安）、藍橋驛（藍橋）、虢州、藍田	裴航、樊夫人、侍妾裊烟、老嫗、雲英、仙童侍女、友人盧顥	後世人莫有遇者（裴航）	虛其心，實其腹
趙合	收骨歸鄉→請立碑→災生→贈書度世	大（太）和初	五原、奉天、洛源、宥州、少室（少室山）、嵩嶺（嵩山）	趙合、李氏、李文悅	今時有人遇（趙合）之於嵩嶺	趙合助人而後得道
曾季衡	與王款會→泄言→女責→嗚咽而沒→求思而疾→愈→詢於婦人	大（太）和四年春	鹽州五原、北邙山	曾季衡、僕夫、雙鬟、王麗真、五原紉針婦人	王回，推其方術，療（曾季衡）以藥石，數日方愈	命定
崔煒	憐老嫗→回報→負心→迷道失足→助虵→入皇宮→返家→明白緣由	貞元中	南海、番禺、廣州、安南都護（安南都護府）、波斯、大食國（大食）、羅浮（羅浮山）	崔煒、鮑姑、任翁、任女、白虵（玉京子）、四女、田夫人、老胡人	崔煒挈室往羅浮訪鮑姑，後竟不知所適	報恩
張無頗	獻膏→二治王女→以女託之→酬媒人禮→三歲夢王	長慶中	南康、番禺、韶陽	張無頗、袁大娘、黃衣若宦者、廣利王、多列美女、二紫衣侍女、一女子、青衣、廣利王后	每三歲，廣利王必夜至張室。後張無頗為人疑訝，於是去之，不知所適	命定

蔣　武	為象殺蛇→跪獻	寶曆中	循州、河源	蔣武、猩猩、白象、蛇	蔣武乃大有資產	替象除害
陳鸞鳳	斷雷之股→刺史詰其端倪→獻刀→厚酬其值	元　和中、大（太）和中	海康	陳鸞鳳、狀類熊猪的雷、舅兄、海康人、刺史林緒	陳鸞鳳獻其刀於緒，厚酬其值	替鄉人解旱
元柳二公	登舟越海→抵仙島→求返人世→夫人贈壺→使者有事相求→以合子投廟→取玉環送南岳廟→報還魂膏→活其妻室→訪師得道	元和初	衡山、驪（驪州）、愛州、廉州合浦縣（廉州合浦）、交阯、天台（天台山）、番禺、南岳（衡山）	元徹、柳實、雙鬟侍女、玉虛尊師、南溟夫人、使者、太極先生	二公得道，不重見	命定
馬　拯	虎食人→牢扃其戶→土偶吟詩→推僧墮井→獵人張弩→虎心中箭→分銀與之	長慶中	湘中（湘潭）、衡山	馬拯及僕、老僧、馬沼山人、土偶賓頭盧、牛進、鬼	馬拯、馬沼山人分銀與獵者而歸	替人除虎害
高　昱	艤舟聽語→僧道儒溺→昱述其事→叟命持符→魚去→與昱乘舟東西	元和中	昭潭、長沙	高昱、三美女、僧、道士、儒生、祁陽山唐勾黽、弟子	叟與高昱乘舟東西	命定
鄭德璘	贈韋女詩→舟沒→弔之→府君活之→納為室→省觀父母→德璘悟→秀才投卷	貞元中	湘潭、長沙、江夏、洞庭（洞庭湖）、鄂渚（鄂州）、醴陵、巴陵	鄭德璘、老叟、秀才崔希周、齷賈韋生之女、鄰舟女	鄭德璘不敢過洞庭，他官至刺史	命定
文　簫	聽歌→潛蹤→相引→泄機譴民→寫唐韻鬻金→出世	文宗太和末、唐武宗會昌二年	豫章、鍾陵郡、新吳縣越王山側（新吳）	文簫、吳彩鸞、二仙娥、仙童	文簫、吳彩鸞各跨一虎，行步如風，陟峰巒而去	命定
鄧　甲	召蛇收毒→與符蛇飛→困蛇絕胣	寶曆中	茅山、烏江、維揚、浮梁縣、會稽	鄧甲、茅山道士峭巖、會稽宰、畢生子、浮梁縣人、蛇	鄧甲後居茅山學道，至今猶在	替民除蛇害
顏　濬	幼芳邀遊→與貴妃寢→貴妃贈物→寺廢→奠幼芳墓	會昌中	廣陵、建業、白沙、瓦官閣、清溪、廣陵、江都	顏濬、趙幼芳、陳朝張貴紀、雙鬟、孔貴嬪、江脩容、何婕妤、袁昭儀	以酒奠趙幼芳墓	命定

許棲巖	市馬遇仙→賜飲石髓→買針放馬	大中末	蜀、太白洞天瑤華上宮、西（曲）龍山、岐陽、南康、蜀（蜀縣）、渭曲（渭水）、虢縣、虢州、太白山	許棲巖、龍馬、卜馬道士（潁陽尊師）、太乙真君、二玉女、東黃君、虢縣田婆	許棲巖大中末年，復入太白山去	命定
張雲容	攔道贈藥→與雲容寢→雲容再生	元和末	平陸、海東、三鄉、蘭昌宮、金陵（金陵府）	薛昭、田山叟（中天師）、張雲容、蕭鳳臺、劉蘭翹	薛昭與張雲容同歸金陵幽棲。至今見在，容鬢不衰	命定
金剛仙	蜘蛛贈衣→蜘蛛救仙	開成中	清遠、番禺、天竺、海門（海門鎮）	李朴、金剛仙、蜘蛛、虵、泥鰍魚、白衣叟、傳經	金剛仙泛舶歸天竺	報恩
姚　坤	投坤於井→飛出磴孔→僧學→斃→成親→化狐斃犬	太和中	東洛萬安山南（洛陽）、嵩嶺菩提寺（嵩山）、盤豆館、荊山、京（長安）	姚坤、僧惠沼、夭桃、老人	姚坤悟狐也，後寂無聞	報恩
樊夫人	與夫較術→逍遙從嫗→刺蠆救人	貞元中	上虞（上虞縣）、湘潭、洞庭、岳陽	樊夫人（湘媼）、劉綱、逍遙及其父母、鄉人、張拱、島上人、道士、白蠆	樊夫人與逍遙一時返真	拯救人命
虬髯客	紅拂投靖→認兄→二見太宗→贈寶輔主	隋煬帝、貞觀中	江都、西京、太原、扶餘國（扶餘）、靈石	楊素、美人、侍婢、李靖、紅拂妓、吏、虬髯客夫婦、劉文靜、奴婢三十、太宗、虬髯道兄、奴二十、女樂二十、東南蠻	虬髯客入扶餘國，殺其主自立	命定

附註：「地點」中的部份地名，及地名後的括號，在附錄五：《傳奇》地圖裡可以找到。

四、《傳奇》時間表

朝　代	年　號	篇　　名
隋煬帝	大業（605～616）	〈虬髯客〉（至唐貞觀中）
唐代宗	廣德（763～764）	〈孫恪〉
	永泰（765）	
	大曆（766～779）	〈崑崙奴〉
	建中（780～783）	
	興元（784）	
唐德宗	貞元（785～804）	〈聶隱娘〉（至元和、開成年）、〈周邯〉、〈韋自東〉、〈崔煒〉、〈鄭德璘〉、〈樊夫人〉
唐順宗	永貞（805）	
唐憲宗	元和（806～820）	〈元柳二公〉、〈陳鸞鳳〉（至太和中）、〈高昱〉、〈張雲容〉
唐穆宗	長慶（821～824）	〈裴航〉（至太和中）、〈張無頗〉、〈馬拯〉
唐敬宗	寶曆（825～826）	〈封陟〉、〈蔣武〉、〈鄧甲〉
唐文宗	太和（827～835）	〈蕭曠〉、〈趙合〉、〈曾季衡〉、〈姚坤〉、〈文簫〉（至會昌二年）
	開成（836～840）	〈盧涵〉、〈江叟〉、〈金剛仙〉
唐武宗	會昌（841～846）	〈顏濬〉
唐宣宗	大中（847～859）	〈審茵〉、〈陶尹二君〉、〈許棲巖〉

五、《傳奇》地圖

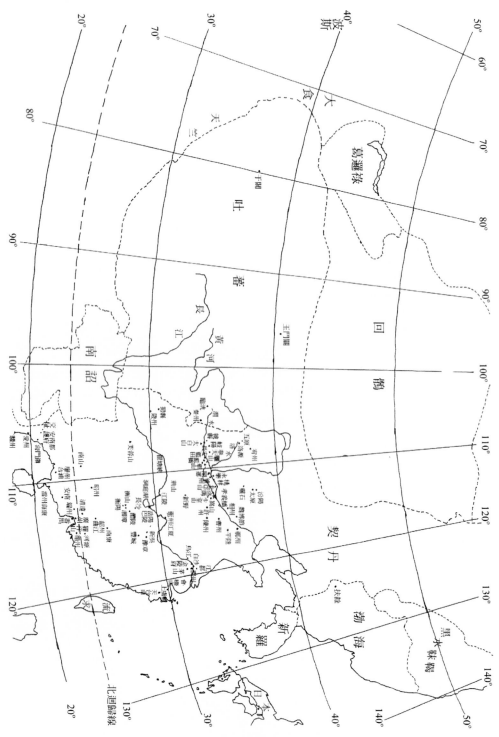

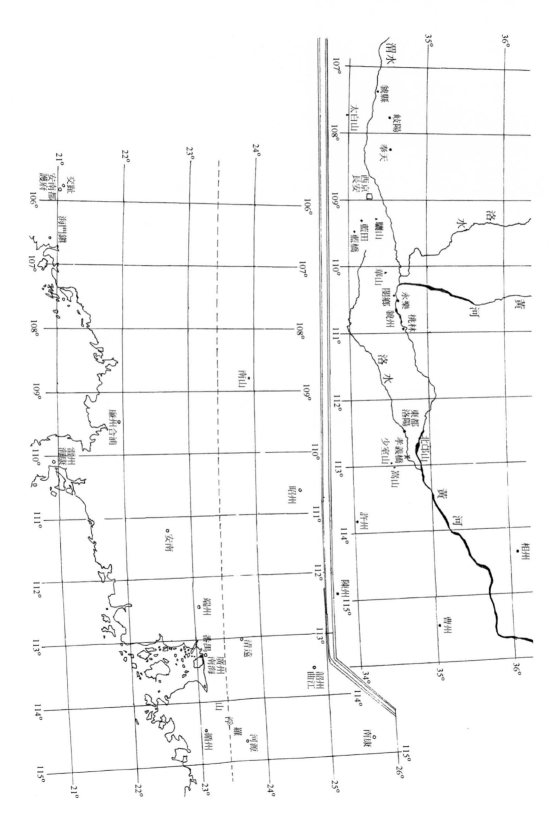

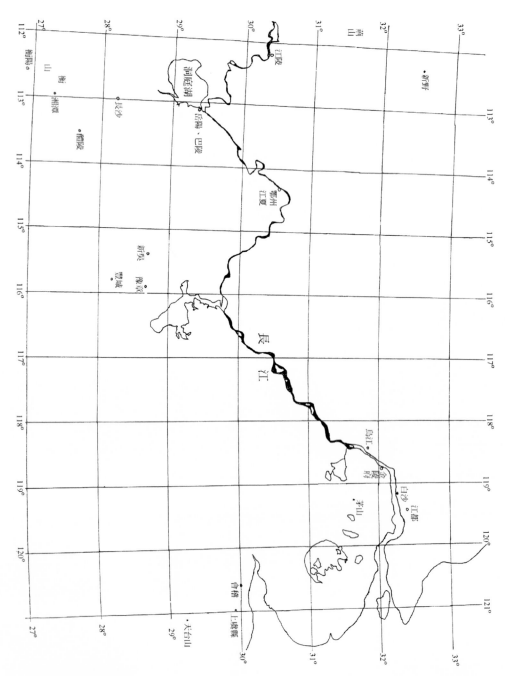

附註：地圖引用譚其驤主編的《中國歷史地圖集》中隋時期：河南諸郡、河西諸郡、河北諸郡、河東
　　　諸郡；唐時期：唐時期全圖（一）、唐時期全圖（二）、唐時期全圖（三）、元和方鎮圖、京畿道，
　　　關內道、京畿道關內道、都畿道，河南道、河東道、河北道南部、河北道北部、山南東道，山
　　　南西道、淮南道、江南東道、江南西道、黔中道、隴右道東部、劍南道北部、嶺南道東部、桂
　　　州容州附近、嶺南道西部、渤海、南詔；五代十國時期：吳，吳越，閩的經緯線畫出。

六、《傳奇》詩作分析表

篇名	詩　作	平　仄	犯	韻　腳	韻鏡、廣韻、詩韻情況	結果
蕭　曠	玉筯凝腮憶魏宮， 朱絲一弄洗清風。 明朝追賞應愁寂， 沙渚烟銷翠羽空。	仄仄平平仄仄平， 平平仄仄仄平平。 平平平仄平平仄， 平仄平平仄仄平。		宮、風、空 （東）		七絕仄起
崑崙奴	誤到蓬山頂上游， 明璫玉女動星眸。 朱扉半掩深宮月， 應照璚芝雪豔愁。	仄仄平平仄仄平， 平平仄仄仄平平。 平平仄仄平平仄， 平仄平平仄仄平。		游、眸、愁 （尤）		七絕仄起
	深洞鶯啼恨阮郎， 偷來花下解珠璫。 碧雲飄斷音書絕， 空倚玉簫愁鳳凰。	平仄平平仄仄平， 平平平仄仄平平。 仄平平仄平平仄， 平仄仄平平仄平。		郎、璫、凰 （唐）		七絕仄起
陶尹二君	餌栢身輕疊嶂間， 是非無意到塵寰。 冠裳暫備論浮世， 一餉雲遊碧落間。	仄仄平平仄仄平， 仄平平仄仄平平。 平平仄仄平平仄， 仄仄平平仄仄平。		間（山）、寰 （刪）	刪山同用 （廣）	七絕仄起
封　陟	弄玉有夫皆得道， 劉剛兼室盡登仙。 君能仔細窺朝露， 須逐雲車拜洞天。	仄仄仄平平仄仄， 平平平仄仄平平。 平平仄仄平平仄， 平仄平平仄仄平。		仙（仙）、天 （先）	先仙同用 （廣）	七絕仄起
裴　航	一飲瓊漿百感生， 玄霜搗盡見雲英。 藍橋便是神仙窟， 何必崎嶇上玉京。	仄仄平平仄仄平， 平平仄仄仄平平。 平平仄仄平平仄， 平仄平平仄仄平。		生、英、京 （庚）		七絕仄起
曾季衡	莎草青青鴈欲歸， 玉腮珠淚洒臨歧。 雲鬟飄去香風盡， 愁見鶯啼紅樹枝。	平仄平平仄仄平， 仄平平仄仄平平。 平平平仄平平仄， 平平平平平仄平。		歸（微）、 歧、枝（支）	微：古通支 （詩）	七絕仄起
張無頗	羞解明璫尋漢渚， 但憑春夢訪天涯。 紅樓日暮鶯飛去， 愁殺深宮落砌花。	平仄平平平仄仄， 仄仄平平仄仄平。 平平仄仄平平仄， 平仄平平仄仄平。		涯（佳）、花 （麻）	涯（崖）：外 開二等(-ai) 花：外合二 等(-a)（鏡）	七絕仄起
	燕語春泥墮錦筵， 情愁無意整花鈿。 寒閨欹枕不成夢， 香炷金爐自裊煙。	仄仄平平仄仄平， 平平平仄仄平平。 平平平仄仄平仄， 平仄平平仄仄平。		筵（仙）、 鈿、煙（先）	先仙同用 （廣）	七絕仄起
鄭德璘	物觸輕舟心自知， 風恬浪靜月光微。 夜深江上解愁思， 拾得紅蕖香惹衣。	仄仄平平平仄平， 平平仄仄仄平平。 仄平平仄仄平仄， 仄仄平平平仄平。		知（支）、 微、衣（微）	微：古通支 （詩）	七絕仄起

作者	詩	平仄		韻腳	韻	體
鄭德璘	纖手垂鈎對水窗， 紅蕖秋色豔長江。 既能解佩投交甫， 更有明珠乞一雙。	平仄平平仄仄平， 平平平仄仄平平。 仄平仄仄平平仄， 仄仄平平仄仄平。		窗、江、雙 （江）		七絕仄起
	湖面狂風且莫吹， 浪花初綻月光微。 沉潛暗想橫波淚， 得共鮫人相對垂。	平仄平平仄仄平， 仄平平仄仄平平。 平平仄仄平平仄， 仄仄平平平仄平。		吹、垂（支）、 微（微）	微：古通支 （詩）	七絕仄起
顏濬	秋草荒臺響夜蛩， 白楊聲盡減悲風。 綵牋曾擘欺江摠， 綺閣塵清玉樹空。	平仄平平仄仄平， 仄平平仄仄平平。 仄平平仄平平仄， 仄仄平平仄仄平。		蛩（鍾）、 風、空（東）	東鍾叶韻	七絕仄起
	寶閣排雲稱望仙， 五雲高豔擁朝天。 清溪猶有當時月， 夜照瓊花綻綺筵。	仄仄平平平仄平， 仄平平仄仄平平。 平平平仄平平仄， 仄仄平平仄仄平。		仙、筵（仙）、 天（先）	先仙同用 （廣）	七絕仄起
	蕭管清吟怨麗華， 秋江寒月倚窗斜。 慙非後主題牋客， 得見臨春閣上花。	平仄平平仄仄平， 平平平仄仄平平。 平平仄仄平平仄， 仄仄平平仄仄平。		華、斜、花 （麻）		七絕仄起
許棲巖	造化天橋碧海東， 玉輪還過輾晴虹。 霓襟似拂瀛洲頂， 顥氣潛消橐籥中。	仄仄平平仄仄平， 仄平平仄仄平平。 平平仄仄平平仄， 仄仄平平仄仄平。		東、虹、中 （東）		七絕仄起
張雲容	羅袖動香香不已， 紅蕖裊裊秋烟裏。 輕雲嶺上乍搖風， 嫩柳池邊初拂水。	平仄仄平平仄仄， 平平仄仄平平仄， 平平仄仄平平仄， 仄仄平平平仄仄。		已、裏（止）、 水（旨）	紙旨止同用 （廣）	七絕仄起
	幽谷啼鶯整羽翰， 犀沉玉冷自長歎。 月華不忍扃泉戶， 露滴松枝一夜寒。	平仄平平仄仄平， 平平仄仄仄平仄。 仄平仄仄平平仄， 仄仄平平仄仄平。		翰、歎（翰）、 寒（寒）	寒旱翰曷四 聲遞承	七絕仄起
蕭曠	織綃泉底少歡娛， 更勸蕭郎盡酒壺。 愁見玉琴彈別鶴， 又將清淚滴珍珠。	仄平平仄仄平平， 仄仄平平仄仄平。 平仄仄平平仄仄， 仄平平仄仄平平。		娛、珠（虞）、 壺（模）	虞模同用 （廣）	七絕平起
	紅蘭吐豔間夭桃， 自喜尋芳數已遭。 珠珮鵲橋從此斷， 遙天空恨碧雲高。	平平仄仄仄平平， 仄仄平平仄仄平。 平平仄仄平平仄， 平平平仄仄平平。		桃、遭、高 （豪）		七絕平起
盧涵	獨持巾櫛掩玄關， 小帳無人燭影殘。 昔日羅衣今化盡， 白楊風起隴頭寒。	仄平平仄仄平平， 仄仄平平仄仄平。 仄仄平平平仄仄， 仄平平仄仄平平。		關（刪）、 殘、寒（寒）	寒刪仙先同 一表（鏡）	七絕平起

韋自東	三秋稽顙叩眞靈， 龍虎交時金液成。 絳雪既凝身可度， 蓬壺頂上彩雲生。	平平平仄仄平平， 平仄平平平仄平。 仄仄仄平平仄仄， 平平仄仄仄平平。		靈（青）、成 （清）、生 （庚）	庚耕清同用 （廣），清青 叶韻	七絕平起
陶尹二君	誰知古是與今非， 閒躡青霞遠翠微， 簫管秦樓應寂寂， 綵雲空惹薜蘿衣。	平平仄仄仄平平， 平仄平平仄仄平。 平仄平平平仄仄， 仄平平仄仄平平。		非、微、衣 （微）		七絕平起
封陟	謫居蓬島別瑤池， 春媚烟花有所思。 爲愛君心能潔白， 願操箕箒奉屏幃。	仄平平仄仄平平， 平仄平平仄仄平。 仄仄平平平仄仄， 仄平平仄仄平平。		池（支）、思 （之）、幃 （微）	支脂之同用 （廣）；微： 古通支（詩）	七絕平起
	蕭郎不顧鳳樓人， 雲澁迴車淚臉新。 愁想蓬瀛歸去路， 難窺舊苑碧桃春。	平平仄仄仄平平， 平仄平平仄仄平。 平仄平平平仄仄， 平平仄仄仄平平。		人、新（眞）、 春（諄）	眞諄臻同用 （廣）	七絕平起
裴航	同爲胡越猶懷想。 況遇天仙隔錦屏。 儻若玉京朝會去， 願隨鸞鶴入青雲。	平平平仄平平仄， 仄仄平平仄仄平。 仄仄仄平平仄仄， 仄平平仄仄平平。		屏（青）、雲 （文）	眞：古通庚 青蒸轉文元 （詩）	七絕平起
趙合	雲鬟消盡轉蓬稀， 埋骨窮荒無所依。 牧馬不嘶沙月白， 孤魂空逐鴈南飛。	平平平仄仄平平， 平仄平平平仄平。 仄仄仄平平仄仄， 平平仄仄仄平平。		稀、依、飛 （微）		七絕平起
曾季衡	五原分袂眞吳越， 燕折鶯離芳草竭。 年少煙花處處春， 北邙空恨清秋月。	仄平平仄平平仄， 仄仄平平平仄仄。 平仄平平仄仄平， 仄平平仄平平仄。		越、竭、月 （月）		七絕平起
鄭德璘	洞庭風軟荻花秋， 新沒青蛾細浪愁。 淚滴白蘋君不見， 月明江上有輕鷗。	仄平平仄仄平平， 平仄平平仄仄平。 仄仄仄平平仄仄， 仄平平仄仄平平。		秋、愁（尤）、 鷗（侯）	尤侯幽同用 （廣）	七絕平起
文簫	若能相伴陟仙壇， 應得文簫駕彩鸞。 自有繡襦并甲帳， 瓊臺不怕雪霜寒。	仄平平仄仄平平， 平仄平平仄仄平。 仄仄仄平平仄仄， 平平仄仄仄平平。		壇、寒（寒）、 鸞（桓）	寒桓同用 （廣）	七絕平起
許棲巖	危橋橫石架雲端， 跨鹿登臨景象寬。 顥魄洗煙澄碧落， 桂花低拂玉簪寒。	平平平仄仄平平， 仄仄平平仄仄平。 仄仄仄平平仄仄， 仄平平仄仄平平。		端、寬（桓）、 寒（寒）	寒桓同用 （廣）	七絕平起
張雲容	臉花不綻幾含幽， 今夕陽春獨換秋。 我守孤燈無白日， 寒雲嶺上更添愁。	仄平平仄仄平平， 平仄平平仄仄平。 仄仄平平平仄仄， 平平仄仄仄平平。		幽（幽）、 秋、愁（尤）	尤侯幽同用 （廣）	七絕平起

張雲容	韶光不見分成塵， 曾餌金丹忽有神。 不意薛生攜舊律， 獨開幽谷一枝春。	平平平仄仄平平， 平仄平平仄仄平， 仄仄仄平平仄仄， 仄平平仄仄平平。		塵、神（真）、 春（諄）	真諄臻同用 （廣）	七絕平起
姚　坤	鉛華久御向人間， 欲捨鉛華更慘顏， 縱有青邱今夜月， 無因重照舊雲鬟。	平平仄仄仄平平， 仄仄平平仄仄平， 仄仄平平平仄仄， 平平平仄仄平平。		間（山）、 顏、鬟（刪）	山刪同用 （廣）	七絕平起
審　茵	但得居林嘯， 焉能當路蹲。 渡河何所適， 終是怯劉琨。	仄仄平平仄， 平平平仄平。 仄平平仄仄， 平仄仄平平。		蹲、琨（魂）		五絕仄起
	無非悲審戚， 終是怯庖丁。 若遇翁為守， 蹄涔向北溟。	平平平仄仄， 平仄仄平平。 仄仄平平仄， 平平仄仄平。		丁、溟（青）		五絕平起
	曉讀雲水靜， 夜吟山月高。 焉能履虎尾， 豈用學牛刀。	仄仄平平仄， 仄平平仄平。 平平仄仄仄， 仄仄仄平平。	讀雲水孤 平；水	高、刀（豪）		
孫　恪	彼見是忘憂， 此看同腐草。 青山與白雲， 方展我懷抱。	仄仄仄平平， 仄平平仄仄。 平平仄仄平， 平仄仄平仄。	忘	草、抱（皓）		
	剛被恩情役此心， 無端變化幾湮沉。 不如逐伴歸山去， 長嘯一聲烟霧深。	平仄平平仄仄平， 平平仄仄仄平平， 仄平仄仄平平仄， 平仄仄平平仄平。	不如逐孤平	心、沉、深 （侵）		
崔　煒	千歲荒臺際路隅， 一煩太守重椒塗。 感君拂拭意何極， 報爾美婦與明珠。	平仄平平仄仄平， 仄平仄仄平平平， 仄平仄仄仄平仄， 仄仄仄仄仄平平。	一煩太、感 君拂孤平； 重椒塗三 平；婦明	隅、珠（虞）、 塗（模）	虞模同用 （廣）	
	越井岡頭松柏老， 越王臺上生秋草。 古墓多年無子孫， 野人踏踐成官道。	仄仄平平平仄仄， 仄平平仄平平仄， 仄仄平平平仄平， 仄平仄仄平平仄。	野人踏孤 平；墓年子 人踐官	老、草、道 （皓）		
元柳二 公	來從一葉舟中來， 去向百花橋上去。 若到人間扣玉壺， 鴛鴦自解分明語。	平平仄仄平平平， 仄仄仄平平仄仄。 仄仄平平仄仄平， 平平仄仄平平仄。	舟中來三平	去、語（語）		
馬　拯	寅人但溺欄中水， 午子須分艮畔金。 若教特進重張弩， 過去將軍必損心。	平平仄仄平平仄， 仄仄平平仄仄平。 仄平仄仄平平仄， 仄仄平平仄仄平。	進重張孤 平；去軍損	金、心（侵）		

鄭德璘	昔日江頭菱芡人， 蒙君數飲松醪春。 活君家室以爲報， 珍重長沙鄭德璘。	仄仄平平平仄平， 平平仄仄平平平。 仄平平仄仄平仄， 平仄平平仄仄平。	松醪春三平	人、璘(眞)、 春(諄)	眞諄臻同用
文　簫	一班與兩班， 引入越王山， 世數今逃盡， 烟蘿得再還。	仄平仄仄平， 仄仄仄平平， 仄仄平平仄， 平平仄仄平。	一班與孤平	班、還(刪)、 山(山)	山刪同用 （廣）
顏　濬	皓魂初圓恨翠娥， 繁華濃豔竟如何？ 兩朝唯有長江水。 依舊行人逝作波。	仄平平平仄仄平， 平平平仄仄平平？ 仄平平仄平平仄， 平仄平平仄仄平。	圓翠華豔朝 有江舊人作	娥、何(歌)、 波(戈)	歌戈同用 （廣）
許棲巖	月砌瑤階泉滴乳， 玉簫催鳳和煙舞。 青城丈人何處遊， 玄鶴唳天雲一縷。	仄仄平平平仄仄， 仄平平仄平平仄， 平平仄平平仄平， 平仄平平平仄仄。	人處	乳、舞、縷 （麌）	
許棲巖	曲龍橋頂翫瀛洲， 凡骨空陪汗漫遊。 不假丹梯躡霄漢， 水晶盤冷桂花秋。	仄平平仄仄平平， 平仄平平仄仄平。 仄仄平平仄平仄， 仄平平仄仄平平。	霄	洲、遊、秋 （尤）	
張雲容	誤入宮垣漏網人， 月華靜洗玉階塵。 自疑飛到蓬萊頂， 瓊艷三枝半夜春。	仄仄平平仄仄平， 仄平仄仄仄平平。 仄平平仄平平仄， 平仄平平仄仄平。	月華靜孤平	人、塵(眞)、 春(諄)	眞諄臻同用 （廣）

七、《傳奇》詩韻分析表

篇　名	韻腳（廣韻）	敦煌本王韻	劉復敦煌掇瑣抄刻本	宋跋本王韻	現　　象
蕭曠	宮、風、空（東）	缺東韻	缺東韻	宮、風、空（東）	
	娛（虞）、壺（模）、珠（虞）	無娛字；壺（模）、珠（虞）	無娛字；壺（模）、珠（虞）	娛、珠（虞）；壺（模）	虞、模同用
	桃、遭、高（豪）	無桃字；遭、高（豪）	桃、遭、高（豪）	桃、遭、高（豪）	
審茵	高、刀（豪）	高、刀（豪）	高、刀（豪）	高、刀（豪）	
	蹲、琨（魂）	缺魂韻	缺魂韻	蹲、琨（魂）	
	丁、溟（青）	缺青韻	缺青韻	丁（青）；無溟字	
崑崙奴	游、眸、愁（尤）	眸、愁（尤）；無游字	眸、愁（尤）；無游字	眸、愁（尤）；無游字	
	郎、瑯、凰（唐）	郎、瑯（唐）；無凰字	郎、瑯（唐）；無凰字	郎、瑯（唐）；無凰字	
孫恪	草、抱（皓）	草、抱（皓）	草、抱（皓）	草、抱（皓）	
	心、沉、深（侵）	無心、沉、深字	無心、沉、深字	心、沉、深（侵）	
盧涵	關（刪）、殘（寒）、寒（寒）	無關、殘、寒字	關（刪）；殘（寒）；無寒字	關（刪）；殘、寒（寒）	寒、刪同用，關為首句尾字
韋自東	靈（青）、成（清）、生（庚）	缺青韻；無成、生字	缺青韻；無成、生字	靈（青）、成（清）、生（庚）	青、清、庚同用，靈為首句尾字
陶尹二君	間（山）、寰（刪）	缺山韻；無寰字	缺山韻；無寰字	間（山）；無寰字	
	非、微、衣（微）	非、衣（微）；無微字	非、衣（微）；無微字	非、衣（微）；無微字	
封陟	池（支）、思（之）、幃（微）	池（支）、思（之）；無幃字	池（支）、思（之）；無幃字	池（支）、思（之）、幃（微）	支、之、微同用
	仙（仙）、天（先）	仙（仙）；無天字	仙（仙）；無天字	仙（仙）、天（先）	仙、先同用
	人（眞）、新（眞）、春（諄）	缺眞韻	缺眞韻	人、新、春（眞）	眞、諄不分
裴航	屏（青）、雲（文）	缺青、文韻	缺青、文韻	屏（青）、雲（文）	青、文同用
	生、英、京（庚）	英（庚）；無生、京字	英、京（庚）無生字	生、英、京（庚）	
趙合	稀、依、飛（微）	稀、依、飛（微）	稀、依、飛（微）	稀、依、飛（微）	

曾季衡	越、竭、月（月）	無越、竭、月字	無越、竭、月字	越、月（月）；無竭字	
	歸（微）、歧（支）、枝（支）	歸（微）；無歧、枝字	歸（微）；無歧、枝字	歸（微）、歧、枝（支）	微、支同用
崔　煒	隅（虞）、塗（模）、珠（虞）	塗（模）、珠（虞）；無隅字	塗（模）、珠（虞）；無隅字	隅、珠（虞）；塗（模）	虞、模同用
	老、草、道（皓）	老、草、道（皓）	老、草、道（皓）	老、草、道（皓）	
張無頗	涯（佳）、花（麻）	花（麻）；無涯字	花（麻）；無涯字	涯（佳）、花（麻）	佳、麻同用
	筵（仙）、鈿（先）、煙（先）	筵（仙）；無鈿、煙字	筵（仙）；無鈿、煙字	筵（仙）；鈿、煙（先）	仙、先同用
元柳二公	去、語（語）	去（語）；無語字	去、語（語）	去、語（語）	
馬　拯	金、心（侵）	無金、心字	無金、心字	金、心（侵）	
鄭德璘	窗、江、雙（江）	缺江韻	缺江韻	窗、江、雙（江）	
	知（支）、微（微）、衣（微）	知（支）、衣（微）；無微字	知（支）、衣（微）；無微字	知（支）、衣（微）；無微字	支、微同用
	人（眞）、春（諄）、璘（眞）	缺眞韻	缺眞韻	人、春（眞）；無璘字	眞、諄不分
	吹（支）、微（微）、垂（支）	無吹、微、垂字	無吹、微、垂字	吹、垂（支）；無微字	支、微同用
	秋（尤）、愁（尤）、鷗（侯）	秋、愁（尤）；鷗（侯）	秋、愁（尤）；鷗（侯）	秋、愁（尤）；鷗（侯）	尤、侯同用
文　簫	壇（寒）、鸞（桓）、寒（寒）	壇、鸞（寒）；無寒字	壇、鸞（寒）；無寒字	壇、鸞、寒（寒）	寒、桓不分
	班（刪）、山（山）、還（刪）	無班、山、還字	還（刪）；無班、山字	班、還（刪）；山（山）	刪、山同用
顏　濬	蛩（鍾）、風（東）、空（東）	缺東、鍾韻	缺東、鍾韻	風、空（東）；無蛩字	
	仙（仙）、天（先）、筵（仙）	仙、筵（仙）；無天字	仙、筵（仙）；無天字	仙、筵（仙）；天（先）	仙、先同用
	娥（歌）、何（歌）、波（戈）	娥、何、波（歌）	娥、何、波（歌）	娥、何、波（哥）	歌（哥）、戈不分
	華、斜、花（麻）	華、斜、花（麻）	華、斜、花（麻）	華、斜、花（麻）	
許棲巖	乳、舞、縷（麌）	乳、舞、縷（麌）	乳、舞、縷（麌）	乳、舞、縷（麌）	
	東、虹、中（東）	缺東韻	缺東韻	東、虹、中（東）	
	端（桓）、寬（桓）、寒（寒）	端、寬（桓）；無寒字	端、寬（桓）；無寒字	端、寬、寒（寒）	寒、桓不分
	洲、遊、秋（尤）	洲、遊、秋（尤）	洲、遊、秋（尤）	洲、遊、秋（尤）	

張雲容	已(止)、裏(止)、水(旨)	已、裏(止);水(旨)	已、裏(止);水(旨)	已、裏(止);水(旨)	止、旨同用
	幽(幽)、秋(尤)、愁(尤)	秋、愁(尤);無幽字	秋、愁(尤);無幽字	幽(幽);秋、愁(尤)	幽、尤同用
	翰(翰)、歡(翰)、寒(寒)	歡(翰);無翰、寒字	翰、歡(翰);無寒字	翰、歡(翰);寒(寒)	寒旱翰曷四聲遞承
	塵(眞)、神(眞)、春(諄)	缺眞韻	缺眞韻	塵、神、春(眞)	眞、諄不分
	人(眞)、塵(眞)、春(諄)	缺眞韻	缺眞韻	人、塵、春(眞)	眞、諄不分
姚 坤	間(山)、顏(刪)、鬢(刪)	無間、顏、鬢字	無間、顏、鬢字	間(山);顏、鬢(刪)	山、刪同用

附註：

一、〈顏濬〉韻腳爲娥、何、波的詩，敦煌本王韻、劉復敦煌掇瑣抄刻本爲「歌」韻；宋跋本王韻爲「哥」韻，其韻目爲「歌」韻，內文爲「哥」韻，並說明「通俗作歌」，故應以內文爲主。

二、〈韋自東〉韻腳爲靈、成、生的詩，有青、清、庚同用的現象；〈裴航〉韻腳爲屛、雲的詩，有青、文同用的現象，所以可以系聯出裴鉶《傳奇》詩有青、清、庚、文同用的現象。

三、〈張雲容〉韻腳爲幽、秋、愁的詩，有幽、尤同用的現象；〈鄭德璘〉韻腳爲秋、愁、鷗的詩，有尤、侯同用的現象，所以可以系聯出裴鉶《傳奇》詩有幽、尤、侯同用的現象。

四、〈盧涵〉韻腳爲關、殘、寒的詩，有刪、寒同用的現象；〈姚坤〉韻腳爲間、顏、鬢的詩，有山刪同用的現象；〈張雲容〉韻腳爲翰、歡、寒的詩，有寒翰同用的現象，所以可以系聯出裴鉶《傳奇》詩有山、刪、寒、翰同用的現象。

五、依王仁昫刊謬補缺切韻，歸納裴鉶《傳奇》詩的韻腳有：虞模同用二首、青清庚文同用二首、支之微同用四首、先仙同用三首、止旨同用一首、尤侯幽同用二首、佳麻同用一首、山刪寒翰同用三首的現象。還有歌（哥）戈不分一首、眞諄不分四首、寒桓不分二首的現象。

六、依裴鉶《傳奇》詩的韻譜如下：窗江雙爲一類；桃遭高刀爲一類；去語爲一類；娛珠隅壺塗爲一類；乳舞縷爲一類；草抱老道爲一類；心沉深金爲一類；蹲琨爲一類；娥何波爲一類；華斜花涯爲一類；仙筵天鈿煙爲一類；已裏水爲一類；郎瑯凰爲一類，但王韻無凰字；越竭月爲一類，但王韻無竭字；塵神人新璘春爲一類，但王韻無璘字；宮風空東虹中蚩爲一類，但王韻無蚩字；丁溟靈屛成生英京雲爲一類，但王韻無溟字，且靈爲首句尾字；關寰顏鬢班還間山翰歡殘寒壇鸞端寬爲一類，但王韻無寰字，且關爲首句尾字；非微衣歸幃稀依飛歧枝池知吹垂思爲一類，但王韻無微字；秋愁游眸洲遊幽鷗爲一類，但王韻無游字。

八、《傳奇》詩修辭表

篇　名	對　偶	引　用	雙　關	層　遞
蕭　曠		愁見玉琴彈別鶴（古今注卷下別鶴操）		
審　茵	曉讀雲水靜， 夜吟山月高	終是怯劉琨（晉書卷六十二劉琨祖逖列傳） 無非悲審戚（前漢書卷五十一賈鄒枚路列傳） 終是怯庖丁（莊子養生主） 若遇翁（龔）爲守（前漢書卷八十九循吏列傳）		
崑崙奴		空倚玉簫愁鳳凰（廣記卷四蕭史）		
孫　恪	青山與白雲			
陶尹二君	誰知古是與今非			
封　陟	弄玉有夫皆得道， 劉剛兼室盡登仙	弄玉有夫皆得道（廣記卷四蕭史） 劉剛兼室盡登仙（廣記卷六十樊夫人） 蕭郎不顧鳳樓人（廣記卷四蕭史）		
曾季衡	燕折鶯離芳草竭			
崔　煒	報爾美婦與明珠			
元柳二公	來從一葉舟中來， 去向百花橋上去			來從一葉舟中來， 去向百花橋上去。 若到人間扣玉壺， 鴛鴦自解分明語
馬　拯			寅人但溺欄中水 若教特進重張弩	
鄭德璘	風恬浪靜月光微	既能解珮投交甫，更有明珠乞一雙（廣記卷五十九江妃）		
文　簫	自有繡襦并甲帳			
顏　濬		綵艦曾擎欺江摠（建康實錄卷二十禎明二年）	綺閣塵清玉樹空 蕭管清吟怨麗華	

九、歸納《傳奇》詩修辭表

篇　　名	對　偶	引　用	雙　關	層　遞	使用總計
蕭　曠		○			一
審　茵	○	○			二
崑崙奴		○			一
孫　恪	○				一
陶尹二君	○				一
封　陟	○	○			二
曾季衡	○				一
崔　煒	○				一
元柳二公	○			○	二
馬　拯			○		一
鄭德璘	○	○			二
文　簫	○				一
顏　濬		○	○		二
使用總計	九	六	二	一	十八

十、《傳奇》詩作歸納表

篇　名	類　別	全　唐　詩　名	全唐詩卷數	作者（全唐詩）
孫　恪	刻劃人物形象；出場詩	袁長官女詩（摘萱草吟）	八六七	佚名
封　陟	刻劃人物形象；既總結前文，又承啓後文	贈封陟、再贈、留別	八六三	上元夫人
張雲容	刻劃人物形象；出場詩	贈張雲容舞、阿那曲	五、八九九	楊玉環、楊貴妃
盧　涵	出場詩	明器婢詩	八六七	佚名
韋自東	出場詩	太白山魔誑道士詩	八六七	佚名
文　簫	出場詩	歌	八六三	吳彩鸞
趙　合	出場詩	五原夜吟	八六六	沙磧女子
崑崙奴	既總結前文，又承啓後文	「誤到蓬山頂上游」詩		
	既總結前文，又承啓後文	憶崔生	八〇〇	紅綃妓
裴　航	既總結前文，又承啓後文	贈樊夫人詩	八六〇	裴航
	既總結前文，又承啓後文	樊夫人答裴航	八六〇	佚名
崔　煒	既總結前文，又承啓後文	題越王臺	三一四	崔子向
	既總結前文，又承啓後文	和崔侍卿	八六五	尉佗
張無頗	既總結前文，又承啓後文	寄張無頗	八六四	廣利王女
元柳二公	既總結前文，又承啓後文	題玉壺贈元柳二子	八六三	南溟夫人
馬　拯	既總結前文，又承啓後文	「寅人但溺欄中水」詩		
鄭德璘	既總結前文，又承啓後文；總結全篇	與鄭德璘奇遇詩（崔希周秀才拾芙蓉詩）	八六四	水府君
	既總結前文，又承啓後文	與鄭德璘奇遇詩（鄭德璘投韋氏詩、德璘弔韋氏二首）	八六四	水府君
蕭　曠	總結全篇	與蕭曠冥會詩（甄后留別蕭曠）	八六六	甄后
	總結全篇	與蕭曠冥會詩（織綃女詩）	八六六	織綃女
孫　恪	總結全篇	袁長官女詩（題峽山僧壁）	八六七	佚名
陶尹二君	總結全篇	吟	八六二	芙蓉古丈夫、毛女
曾季衡	總結全篇	與曾季衡冥會詩	八六六	王麗眞

鄭德璘	總結全篇	與鄭德璘奇遇詩（水府君題韋氏巾上）	八六四	水府君
文　簫	總結全篇	「一班與兩班」詩		
顏　濬	總結全篇	與顏濬冥會詩（幼芳賦）	八六六	陳宮妃嬪
張雲容	總結全篇	與薛昭合婚詩（鳳臺、蘭翹歌送薛昭雲容酒、雲容和）	八六三	張雲容
姚　坤	總結全篇	夭桃詩	八六七	佚名
蕭　曠	＊	與蕭曠冥會詩（蕭曠答詩）	八六六	蕭曠
甯　茵	＊	二班與甯茵賦詩	八六七	佚名
顏　濬	＊	與顏濬冥會詩（麗華賦、貴嬪賦、濬詩）	八六六	陳宮妃嬪
許棲巖	＊	翫月詩	八六二	曲龍山仙
張雲容	＊	與薛昭合婚詩（薛昭和）	八六三	張雲容

附註：「＊」代表賣弄才學的詩作。

主要參考書目

一、書籍類（依人名、書名、日期排序）

1. 韻鏡，等韻五種，臺北：藝文印書館，民國 90 年 4 月初版六刷。

2. Maren Elwood 著，人物刻劃基本論，丁樹南（歐坦生）譯，臺北：文星書店，民國 56 年 4 月初版。

3. William Kenny 著，小說的分析，陳迺臣譯，臺北：成文出版社，民國 66 年 6 月初版。

4. 上海古籍出版社編，唐五代筆記小說大觀，上海：上海古籍出版社，2000 年 3 月初版初刷。

5. 王汝濤編校，全唐小說，山東：山東文藝出版社，1993 年 3 月初版初刷。

6. 卞孝萱，唐傳奇新探，江蘇：江蘇教育出版社，2001 年 11 月初版一刷。

7. 尹雪曼，中國文學概論，臺北：三民書局，民國 90 年 2 月初版五刷。

8. 王夢鷗，唐人小說研究，臺北：藝文印書館，民國 86 年 6 月初版二刷。

9. 王夢鷗，唐人小說校釋，臺北：正中書局，2000 年 10 月第六次印行。

10. （唐）玄奘辯機原注，季羨林等校注，大唐西域記校注，臺北：新文豐出版公司，民國 90 年 7 月台一版三刷。

11. 白雲觀長春道人編纂，正統道藏，臺北：新文豐出版股份有限公司，民國 84 年 4 月初版三刷。

12. 江都、余照春亭編輯，朱明祥編寫，增廣詩韻集成，高雄：高雄復文圖書出版社，1995 年元月。

13. 舊題（宋）朱勝非撰，紺珠集，四庫全書，子部十，雜家類五，第八七二冊，上海：上海古籍出版社，1987 年 6 月初版初刷。

14. （元）辛文房，唐才子傳，臺北：世界書局，民國 74 年 11 月五版。

15. 吳志達，唐人傳奇，臺北：國文天地，民國 82 年 12 月初版二刷。

16. （宋）李昉等奉敕撰，太平廣記，臺北：新興書局，民國 47 年 4 月初版。

17. 李昉等編，太平廣記，北京：中華書局，2003 年 6 月北京第七次印刷。

18. 余迺永校註，新校互註宋本廣韻，香港：中文大學出版社，1993 年。

19. 汪國垣編，朱沛蓮校訂，唐人小說，臺北：遠東圖書公司，民國 72 年 10 月修訂二版。

20. 李斌成等編，隋唐五代社會生活史，北京：中國社會科學出版社，1998 年 7 月初版初刷。

21. 汪辟疆編，唐人傳奇小說，臺北：文史哲出版社，民國 82 年 10 月再版。

22. 沈謙，語言修辭藝術，北京：中國友誼出版公司，1998 年 1 月初版北京初刷。

23. （唐）長孫無忌，唐律疏議，臺北：臺灣商務印書館，民國 58 年 7 月臺一版。

24. 周祖謨編，敦煌本王韻、劉復敦煌掇瑣抄刻本、宋跋本王韻，唐五代韻書集存，臺北：臺灣學生書局，民國 83 年 4 月臺一版。

25. 邱添生，唐宋變革期的政經與社會，臺北：文津出版社，1999 年 6 月初版一刷。

26. （宋）計有功，唐詩記事，臺北：臺灣商務印書館影印文淵閣四庫全書，民國 78 年 2 月初版。

27. 柯金木，唐人小說，臺北：三民書局，2002 年 9 月初版一刷。

28. 侯忠義、劉世林著，中國文言小說史稿，北京：北京大學出版社，1993 年 5 月二刷。

29. 侯忠義，唐代小說簡史，遼寧：遼寧教育出版社，1992 年 10 月初版一刷。

30. 侯忠義，隋唐五代小說史，杭州：浙江古籍出版社，1995 年 5 月初版一刷。

31. 范煙橋，中國小說史，台北縣：漢京文化事業有限公司，民國 72 年 9 月初版。

32. （宋）洪邁，容齋隨筆，臺北：臺灣商務印書館，民國 68 年 6 月臺一版。

33. （明）胡應麟，少室山房筆叢，臺北：世界書局，民國 69 年 5 月再版。

34. （宋）晁公武，郡齋讀書志，臺北：廣文書局，民國 68 年 4 月再版。

35. 袁行霈、侯忠義編，中國文言小說書目，北京：北京大學出版社，1981 年 3 月初版初刷。

36. 祝秀俠，唐代傳奇研究，臺北：中國文代大學出版部，民國 71 年 11 月出版。

37. （清）徐松等編，全唐文，臺北：匯文書局，民國 50 年 12 月台初版。

38. 高明士主編，中國史研究指南，台北聯經出版事業公司，民國 79 年 4 月初版。

39. 孫昌武，道教與唐代文學，北京：人民文學出版社，2001 年 3 月初版初刷。

40. 袁閭琨、薛洪勣主編，唐宋傳奇總集——唐五代（上、下），鄭州：河南人民出版社，2001 年 9 月初版初刷。

41. （清）張士俊存澤堂本，（宋）陳彭年等重修，林尹校訂，新校正切宋本廣韻，臺北：黎明文化事業股份有限公司，民國 88 年 11 月十七刷。

42. 陳文新，中國傳奇小說史話，臺北：正中書局，民國 84 年 3 月初版。

43. 張志公、劉蘭英、孫全洲校訂，語法與修辭，臺北：新學識文教出版中心，2002

年元月三版。

44. 陳東源，中國婦女生活史，臺北：臺灣商務印書館，民國 66 年 1 月台五版。

45.（明）陶宗儀，輟耕錄，第一○四○冊，子部三二○，小說一，臺北：臺灣商務印書館景印文閣四庫全書，民國 78 年 2 月初版。

46.（宋）陳振孫，直齋書錄解題，臺北：廣文書局，民國 68 年 5 月再版。

47. 陶敏、李一飛，隋唐五代文學史料學，北京：中華書局，2001 年 11 月初版初刷。

48. 張國風，太平廣記版本考述，北京：中華書局，2004 年 5 月初版初刷。

49. 張國風，中國古代小說史話，北京：商務印書館，1996 年 12 月初版一刷。

50. 陳寅恪，唐代政治史述論稿，臺北：里仁書局，民國 83 年 8 月再版。

51. 陳寅恪，隋唐制度淵源略論稿，臺北：里仁書局，民國 83 年 8 月再版。

52.（明）陸楫編，古今說海，明嘉靖甲辰雲間陸氏儼山書院刊本。

53. 章群，唐史，臺北：華岡出版有限公司，民國 67 年 6 月四版。

54. 崔際銀，詩與唐人小說，天津：天津古籍出版社，2004 年 6 月初版初刷。

55. 許麗芳，古典短篇小說之韻文，臺北：里仁書局，民國 90 年 3 月初版。

56. 黃永年，唐史史科學，上海：上海書店，2002 年 12 月初版初刷。

57. 程國賦，唐五代小說的文化闡釋，北京：人民文學出版社，2002 年 1 月初版一刷。

58. 程國賦，唐代小說與中古文化，臺北：文津出版社，民國 89 年 2 月初版一刷。

59.（宋）曾慥編，類說，四庫全書，第八七三冊，子部十，雜家類五，第八七三冊，上海：上海古籍出版社，1987 年 6 月初版初刷。

60. 程毅中，唐代小說史話，北京：文化藝術出版社，1990 年 6 月初版一刷。

61. 黃慶萱，修辭學，臺北：三民書局，民國 88 年 8 月增訂九版。

62. 傅璿琮等編撰，唐五代人物傳記資料綜合索引，臺北：文史哲出版社，民國 82 年 12 月台一版。

63.（清）聖祖（愛新覺羅玄燁）彙編，全唐詩，臺北：復興書局，民國 50 年 4 月初版。

64. 楊家駱主編，唐人傳奇小說，臺北：世界書局，2000 年 12 月初版十二刷。

65.（明）楊爾曾編撰，仙媛記事，臺北：臺灣學生書局，中國民間信仰資料彙編，第一輯第九冊，王秋桂、李豐楙主編，民國 78 年 11 月景印初版。

66.（唐）裴鉶撰，傳奇，唐國史補等八種，臺北：世界書局，民國 80 年 6 月四版。

67.（唐）裴鉶著，周楞伽輯注，裴鉶傳奇，上海：上海古籍出版社，1980 年 10 月初版初刷。

68. 鄭文貞，篇章修辭學，福建：廈門大學出版社，1991 年 6 月初版初刷。

69. 蔡守湘選注，唐人小說選注，臺北：里仁書局，民國 91 年 6 月初版。

70. 蔡東帆，唐史通俗演義，臺北：世界書局，民國 71 年 9 月六版。

71. 魯迅，中國小說史略，臺北：風雲時代出版有限公司，1992 年 10 月五版。

72.（宋）歐陽修等撰，新唐書，藝文印書館據清乾隆武英殿刊本景印。

73. 劉開榮，唐代小說研究，臺北：臺灣商務印書館，1997 年 9 月二版二刷。

74. 劉瑛，唐代傳奇研究──續集，臺北：正中書局，1999 年 12 月臺初版。

75. 蔡謀芳，修辭格教本，臺北：臺灣學生書局，2003 年 9 月初版。

76. 譚其驤主編，中國歷史地圖集，北京：中國地圖出版社，1996 年 6 月河北二刷。

77. 藤島達朗、野上俊靜編，東方年表，京都：平樂寺書店，1998 年 3 月第三十三刷。

78. 鐘（鍾）肇鵬主編，道教小辭典，上海：上海辭書出版社，2003 年 3 月三刷。

二、學位論文

（一）台 灣

1. 于兆莉，唐代傳奇研究，中國文化大學中國文學研究所碩士論文，民國 57 年 6 月。

2. 王國良，唐代小說敘錄，政治大學中國文學研究所碩士論文，民國 65 年（臺北：嘉新水泥公司文化基金會，1979 年 11 月出版）。

3. 王湘雯，六朝小說之女性形象，中國文化大學中國文學研究所碩士論文，民國 90 年。

4. 王義良，唐人小說中之佛道思想，高雄師範大學國文研究所碩士論文，民國 66 年 6 月。

5. 申美子，中國唐代婦女生活研究，國立政治大學中國文學研究所碩士論文，民國 62 年 6 月。

6. 朱美蓮，唐代小說中的女性角色研究，國立政治大學中國文學研究所碩士論文，民國 77 年。

7. 向淑雲，唐代婚姻法與婚姻實態，國立台灣大學歷史研究所碩士論文，民國 75 年（台北：臺灣商務印書館，民國 80 年 11 月初版初刷）。

8. 李東鄉，唐代傳奇小說叢考，國立台灣大學中國文學系研究所碩士論文，民國 58 年。

9. 李素娟，唐人小說中變化故事之研究，中國文化大學中國文學研究所碩士論文，民國 86 年 6 月。

10. 杜麗香，唐代夫妻懷贈詩與悼亡詩研究，國立師範大學國文研究所碩士論文，民國 80 年 6 月。

11. 吳碧眞，唐代女仙傳記之研究──以《墉城集仙錄》爲主的考察，國立政治大學中國文學研究所碩士論文，民國 87 年。

12. 林志達，唐人俠義小說，輔仁大學中國文學研究所碩士論文，民國 75 年 5 月。

13. 林岱瑩，唐代異類婚戀小說之研究，國立中興大學中國文學研究所碩士論文，民國 87 年。

14. 卓遵宏，唐代進士與政治，國立師範大學歷史研究所碩士論文，民國 62 年。

15. 金鐘聲，唐傳奇作品主題研究，國立台灣大學中國文學研究所碩士論文，民國 77 年 5 月。

16. 洪文珍，唐傳奇研究，東海大學中國文學研究所碩士論文，民國 62 年 6 月。

17. 侯英泠，唐律上婚姻規定之探討，國立台灣大學法律研究所碩士論文，民國 78 年。

18. 段莉芬，唐五代仙道傳奇研究，東海大學中國文學研究所碩士論文，民國 86 年。

19. 唐弓，唐代的道教，國立台灣大學歷史所碩士論文（一般史組），民國 63 年 7 月。

20. 許文惠，唐代傳奇所反映唐代社會，東吳大學社會學研究所理論組碩士論文，民國 78 年 1 月。

21. 陳正宜，唐代傳奇中的道教思想之研究，國立師範大學歷史研究所碩士論文，民國 86 年 6 月。

22. 陳玉萍，唐代小說中他界女性形象之虛構意義研究，國立成功大學中國文學研究所碩士論文，民國 88 年。

23. 陳光榮，唐代科舉制度之研究，文化大學政治學研究所碩士論文，民國 69 年。

24. 陳玲碧，唐人小說中的定命觀研究，輔仁大學中國文學研究所碩士論文，民國 80 年 6 月。

25. 陳海蘭，從唐代傳奇小說看當時的社會問題，國立台灣大學中國文學研究所碩士論文，民國 58 年 6 月。

26. 許雪玲，唐代遊歷仙境小說之研究，東海大學中國文學研究所碩士論文，民國 82 年。

27. 張曼娟，唐傳奇之人物刻劃，東吳中國文學研究所碩士論文；民國 75 年。

28. 陳瓊玉，唐代佛教與政治經濟的關係，國立師範大學歷史研究所碩士論文，民國 71 年。

29. 黃炳秀，唐中葉以後史傳人物與神仙傳說，國立政治大學中國文學研究所碩士論文，民國 79 年 6 月。

30. 楊姍霈，唐代小說婦女之社會地位研究，中國文化大學中國文學研究所碩士論文，民國 88 年。

31. 詹麗莉，唐傳奇女性宿命觀研究，南華大學文學研究所碩士論文，民國 91 年。

32. 廖文君，宋元話本中的愛情故事研究，中國文化大學中國文學研究所碩士論文，民國 88 年。

33. 劉美菊，唐人小說的結構——以行為規範為觀察角度，國立師範大學中國文學研究所碩士論文，民國 78 年 5 月。

34. 鄭惠璟，唐代志怪小說研究，國立台灣大學中國文學研究所碩士論文，民國 77 年。

35. 鄧鳳美，唐代人鬼戀故事研究，東海大學中國文學研究所碩士論文，民國 85 年 6 月。

36. 盧錦堂，太平廣記引書考，國立政治大學中國文學研究所碩士論文，民國 70 年 5 月。

37. 謝淑如，全唐詩唐代婦女研究，玄奘人文社會學院中國語文研究所碩士論文，民國 91 年。

38. 謝淑慎，唐代士人的價值觀——以唐人小說爲研究範疇，國立師範大學國文研究所碩士論文，民國 81 年。

39. 顏美娟，女仙外史研究，東海大學中國文學研究所碩士論文，民國 75 年 6 月。

40. 顏慧琪，六朝異類姻緣故事研究，中國文化大學中國文學研究所碩士論文，民國 82 年。

41. 羅龍治，進士科與唐代的文學社會，國立台灣大學歷史研究所碩士論文，民國 59 年。

（二）香港、大陸

1. 李錦，從唐人婚戀小說看文士心態，陝西師範大學碩士研究生學位論文，學科專業：中國古代文學·唐宋，提交論文日期：2002 年 4 月。

2. 黃競剛，唐代小說研究，珠海學院中國歷史研究所碩士論文，民國 67 年 6 月。

3. 蔡堂根，志怪傳奇中的人神戀研究，廈門大學碩士學位論文，專業名稱：中國古代文學，2001 年 6 月。

三、期刊論文

（一）台　灣

1. 丁肇琴，唐傳奇佳作的主題呈現，世界新聞傳播學院學報，第一期，民國 80 年 10 月，頁 1 至 20。

2. 方介，從唐人小說看唐代士子的人生態度（上）（下），中華文化復興月刊，第二十三卷第一期至第二期，第二六二期至第二六三期，民國 79 年 1 月至 2 月，頁 22 至 25，頁 20 至 25。

3. 戈壁，唐代傳奇析評（九）——紅線與聶隱娘，明道文藝，第二三八期，民國 85 年 1 月，頁 97 至 109。。

4. 丘慧瑩，唐宋元明小說戲曲的女劍俠形象及其演變，嘉南學報，民國 91 年 11 月，第二十八期，頁 378 至 395。。

5. 吳宏一，唐傳奇〈孫恪〉故事背景探微，中國文哲研究集刊，第二期，民國 81 年 3 月，頁 251 至 273。

6. 沈惠如，劍膽俠心一女傑——「聶隱娘」淺探，中華文化復興月刊，第二十卷

第五期，頁 19 至 24。

7. 李壽菊，唐傳奇〈崑崙奴〉新探，臺北：文藝月刊，第二四五期，民國 78 年 11 月，頁 46 至 51。

8. 紀懿珉，裴鉶《傳奇》中的生命觀──以志怪篇章為例，輔大中研所學刊，第 七期，民國 86 年 6 月，頁 285 至 298。

9. 陳少芳，唐代傳奇中的娼妓形象，中國文化月刊，第二二五期，1998 年 12 月， 頁 95 至 119。

10. 曹愉生，談唐代傳奇小說，中國文選，第二十期，民國 57 年 12 月，頁 124 至 136。

11. 程國賦，漫談「崑崙奴」及其嬗變作品的敘事視角，國文天地，第十一卷第二 期（一二二期），民國 84 年 7 月，頁 68 至 70。。

12. 劉南二，裴鉶傳奇研究之一：裴航，嘉義農專學報，第十五期，民國 76 年 4 月， 頁 1 至 8。

13. 蔡勝德，裴鉶與聶隱娘，嘉義師院學報，第三期，民國 78 年 11 月，頁 295 至 318。

14. 劉慧珠，佳人劍翁孫，遊戲暫人間──孫恪與袁氏的因緣際會，中國文化月刊， 民國 80 年 12 月，頁 119 至 126。

15. 蕭登福，「聶隱娘」之淺探，今日中國，第三十六期，1974 年 4 月，頁 122 至 133。

16. 謝靜鋒，崑崙奴（上）（中）（下），幼獅少年，第二七二至二七四期，民國 88 年 6 月至 8 月，頁 68 至 75，頁 80 至 87，頁 73 至 80。

（二）大　陸

1. 王立，重讀劍仙聶隱娘──互文性、道教與通俗小說題材母題，商丘師範學院 學報，第十七卷第三期，2001 年 6 月，頁 31 至 34。

2. 王玉英，從唐代愛情傳奇看唐代文人的情感取向，錦州師範學院學報（哲學社 會科學版），1998 年第三期，頁 1 至 4。

3. 牛志平，唐代婚姻的天命觀，海南師院學報，1995 年第二期，總第八卷第二十 八期，頁 59 至 61。

4. 卞孝萱，紅線、聶隱娘新探，揚州大學學報（人文社會學版），1997 年第二期， 頁 29 至 37、45。

5. 卞孝宣，論虬髯客傳的作者、作年與政治背景，東南大學學報（哲學社會科學 版），第七卷第三期，2005 年 5 月，頁 93 至 98、128。

6. 王雨燕，魏晉志怪小說與唐傳奇的比較，保山師專學報，2002 年第二十一卷第 一期，頁 23 至 24、33。

7. 江林，太平廣記中所見唐代婚禮、婚俗略考，湖南大學學報（社會科學版），第 十六卷第四期，2002 年 7 月，頁 20 至 22。

8. 成曙霞，論唐人小說題材的佛理因素，雁北師範學院學報，第十八卷第一期，2002 年 2 月，頁 51 至 53。

9. 李彤，唐代言情傳奇中女性形象與傳統文化制約下的男性情愛心理，黔南民族師範學院學報，2002 年第四期，頁 19 至 22。

10. 杜含秀，淺論唐人傳奇的獨創性，青海民族學院學報（社會科學版），1996 年第三期，頁 77 至 79、93。

11. 肖馬，唐代小說與社會史研究，中國社會科學院研究生院學報，1994 年第二期，頁 47。

12. 李浩，唐代關中的文學士族，文學遺產，1999 年第三期，頁 35 至 46。

13. 呂德強，鐵衣遠戍辛勤久，玉箸應啼離別後—談古代詩歌中以「征婦之怨」為題材的閨怨詩，承德民族師專學報，第二十五卷第二期，2005 年 5 月，頁 84 至 86。

14. 杜曉勤，二十世紀唐代文學研究歷程回顧，北京大學學報（哲學社會科學版），第三十九卷第一期，2002 年 1 月，頁 70 至 77。

15. 李鍵，崑崙奴中國古代的黑人奴隸，中學歷史教學參考，1997 年第八期，頁 32。

16. 李霞，簡述唐代家庭中的嫂叔之禮，陝西師範大學學報（哲學社會科學版），第三十一卷專輯，2002 年 6 月，頁 152 至 153。

17. 邱志玲，論唐傳奇中愛情婚姻的悲劇性，寧德師專學報（哲學社會科學版），1998 年第四期（總四十七期），頁 49 至 51、92。

18. 長虹，杜光庭虬髯客傳的流傳與影響，中國道教，1997 年第一期，頁 28 至 31。

19. 林冠夫，唐傳奇叢考，華僑大學學報（哲學社會科學版），2003 年第二期，頁 114 至 121。

20. 孟晉，唐代文化發展的背景考察，濮陽教育學院學報，2002 年 11 月第四期，頁 15 至 16。

21. 周偉銘，論唐傳奇的詩化，湖州師範學院學報，第二十四卷第二期，2002 年 4 月，頁 23 至 25。

22. 金霞，淺論唐代後期婚姻的特點，山東教育學院學報，2002 年第三期（總第九十一期），頁 46 至 48、51。

23. 馬林濤，試論唐代的武俠，第二十三卷第二期，2002 年 3 月，東嶽論叢，頁 59 至 62。

24. 唐晉元，唐傳奇中的愛情小說（三），徐州教育學院學報，第十五卷第四期，2000 年 12 月，頁 57 至 59。

25. 唐晉元，唐傳奇中的愛情小說，徐州教育學院學報，第十五卷第一期，2000 年 3 月，頁 36、41。

26. 夏哲堯，聶隱娘出《傳奇》辨析，台州師專學報，第二十二卷第二期，1999 年 4 月，頁 63 至 66。。

27. 徐蔚，唐代閨怨詩三題，福建師大福清分校學報，1996 年第三期，總第三十二期，頁 35 至 37、51。

28. 夏廣興，唐五代小說中的仙道佛影，河南教育學院學報（哲學社會科學版），2002年第二期，第二十一卷（總八十期），頁 42 至 47。

29. 陳伯海，二十世紀隋唐五代文學研究概觀，南京師範大學文學院學報，2002 年 3 月第一期，頁 124 至 130。

30. 陳冬梅，論唐代小說的虛幻性主題，萊陽農學院學報（社會科學版），第十三卷第二期，2001 年 6 月，頁 40 至 43。

31. 陳廷榔，佛道文化與唐代武俠小說，上饒師專學報，第十四卷第二期，1994 年 4 月，頁 52 至 56。

32. 陳周昌，試論《傳奇》的思想和藝術，人文雜誌，1983 年第四期，頁 125 至 127。

33. 張國剛，二十世紀隋唐五代史研究的回顧與展望，歷史研究，2001 年第二期，頁 148 至 170。

34. 曹萌、王艷梅，再論中國古代的通俗小說，保定師專學報，第十三卷第三期，2000 年 9 月，頁 56 至 60。

35. 梁瑜霞，神話志怪傳統對唐代小說的影響，唐都學刊，第十一卷，1995 年第六期（總第四十六期），頁 31 至 35、62。

36. 陳橋生，唐傳奇敘事模式的演進，寧夏大學學報（社會科學版），第十七卷，1995 年第一期（總六十三期），頁 50 至 54。

37. 張躍生，佛教文化與唐代傳奇小說，華中理工大學學報（社會科學版），1997 年第二期（總第三十四期），頁 88 至 92。

38. 潘承玉，唐五代通俗小說綜論，海南大學學報人文社會科學版，第十九卷第二期，2001 年 6 月，頁 45 至 51。

39. 景凱旋，唐代小說類型考論，南京大學學報（哲學、人文科學、社會科學），2002 年第五期，第三十九卷（總一四九期），頁 110 至 118。

40. 景凱旋，唐代文人遊談與小說，中國典籍與文化，1999 年第三期，頁 4 至 11。

41. 程國賦，唐代小說中崑崙奴現象考述，暨南學報（哲學社會科學版），第二十四卷第五期，2002 年 9 月，頁 79 至 84。

42. 程國賦，唐代小說創作方法的整體觀照，暨南學報（哲學社會科學），第十九卷第三期，1997 年 7 月，頁 97 至 104、121。

43. 楊民蘇，唐代小說中的詩歌，昆明師專學報（哲學社會科學版），第十七卷第三期，1995 年 9 月，頁 20 至 29。

44. 楊民蘇，唐代神仙鬼怪小說中的藝術形象，昆明師專學報（哲學社會科學版），第十八卷第一期，1996 年 3 月，頁 66 至 73、78。

45. 楊民蘇，試論唐代小說中的雷同現象，昆明師專學報（哲學社會科學版），第十六卷第四期，1994 年 12 月，頁 31 至 39、79。

46. 楊民蘇，試論唐代小說中的場面描寫，昆明師專學報（哲學社會科學版），第十七卷第四期，1995 年 12 月，頁 55 至 63。

47. 楊欣，唐傳奇與進士，渭南師範學院學報，第十七卷第一期，2002 年 1 月，頁 52 至 53。

48. 路雲亭，道教與唐代豪俠小說，晉陽學刊，1994 年第四期，頁 91 至 95。

49. 楊蔭樓，《唐五代人物傳記資料綜合索引》補正，聊城師範學院學報（哲學社會科學版），1998 年第三期，頁 55 至 57。

50. 鳳錄生，唐五代小說中的釋道關係，零陵師範高等專科學校學報，第二十一卷第二期，2000 年 5 月，頁 51 至 54、68。

51. 鳳錄生，唐五代仙俠小說的風格特徵，河北師範大學學報（哲學社會科學版），第二十三卷第三期，2000 年 7 月，頁 72 至 74。

52. 鳳錄生，道教憂患意識對唐五代小說的影響，淮陰師範學院學報（哲學社會科學版），第二十二卷 2000 年第二期（總第八十九期），頁 75 至 79。

53. 羅萍，從唐傳奇看唐代女性婚戀觀，四川師範學院學報（哲學社會科學版），1999 年第一期，1999 年 1 月，頁 96 至 99。

54. 劉立雲，唐傳奇得名考，宜賓學院學報，2002 年 5 月，2002 年第三期，頁 73 至 75。

55. 劉潔，論唐代宮閨詩與閨怨詩的幽怨美，西北師大學報（社會科學版），第三十八卷第五期，2001 年 9 月，頁 5 至 9。

56. 魯華峰，中晚唐遊仙詩與傳奇，寧夏大學學報（人文社會科學版），第二十四卷，2002 年第二期（總一〇二期），頁 37 至 40。

57. 盧知誠，漫談閨怨詩，六安師專學報，1995 年第四期，頁 13 至 16。